KB090403

글쓰기의 올바른 표현과
그 과정 및 독서에 대한 이해

글쓰기와 독서

박은진·이미정 공저

(주)백산출판사

'공부'의 사전적 의미는 학문이나 기술을 배우고 익히는 것이다. 각자 목표를 갖고 원하는 지식의 수준을 넓히고 연마하는 행위는 대학에서 하는 중요한 일 중 하나이다. 이때 공부라는 것은 지식을 아는 것에 그치지 않는다. 홍세화는 공부란 '나를 잘 짓기 위한 끝없는 과정'이라고 설명했다. 나를 잘 짓기 위해 우리는 공부를 한다.

나를 잘 짓는다는 것은 자의식 즉 나의 사유를 만들어가는 그 과정에 대한 비유적 표현이 아닐까. 인간은 나와 세계를 구별하고 세계를 인식하며, 나 자신을 주체로 의식하고 행동한다. 공부란 나를 만들어내는 이 관계망이 어떤 것일까라는 문제의식에서 시작된다. 나는 사회의 수많은 관계망 안에서 고유한 정체성을 갖게 된다. 그리고 나를 둘러싼 세계 속에서 '나'를 발견하고 이에 대해 사유하면서, 나는 '나의' 의식과 삶의 방향감각을 설정해 나간다.

세계를 인식하고 사회를 비판하며, 가치를 평가하는 일련의 과정들은 매우 중요한 의식의 활동이다. 우리는 사회적 관계망을 사유하면서 타인에 대해 이해하고, 나를 소중하게 여기며 사회적 연대의 중요함을 배워간다. 나를 만들어나가는 것, 그것은 공부의 중요한 소명이다.

구체적으로 나를 사유하는 행위 중 하나가 독서이다. 독서 행위는 나의 사유를 넓혀주고, 내적 성장을 도모한다. 이는 직접적으로 세계관 형성에 영향을 주며 나를 사유하는 인간으로 만들어준다. 사유하는 과정에서 나는 자아 성찰을 이루며, 사고를 확장하고 사회에 새로운 의미를 부여한다. 독서는 세계관을 정립하고 실천을 촉구하는 적극적인 행위이다.

　독서 행위는 사유를 확장시키며, 이 과정은 글쓰기를 통해 객관화되고 논리화된다. 글쓰기의 가장 중요한 역할은 글쓰는 과정을 통해 개인의 사고를 논리적으로 조직하고 명확히 하는 데 있다. 글쓰기는 정밀한 자기 사유의 과정이자, 논리적으로 사고를 조직하는 매개체다. 우리는 독서를 통해 세계와 인간에 대한 앎을 확장하고 글쓰기를 통해 새로운 의미와 이해의 틀을 만들어낸다. 따라서 읽기와 쓰기는 나와 세계를 사유하는 중요한 기제이다. 독서를 통해 새로운 생각을 만들고 글쓰기를 통해 새로운 의미를 실천한다.

　대학에서도 글쓰기와 독서는 학문의 성과를 거두는 가장 기본적인 역량이다. 자신의 학문적 생각을 명확히 표현하고, 타인과 소통하는 능력은 대학생에게 그리고 나아가 사회인에게도 중요한 역량이라 하겠다. 특히 여러 분야의 지식이 협업을 이루는 정보화 사회에서 의사소통 능력은 더욱 중요해지고 있다. 정보를 분석하고 활용하는 능력, 정보에 대해 비판하고, 새로운 의미를 생산할 수 있는 창의적 능력 등은 모두 의사소통의 중요한 영역으로 글쓰기와 독서의 기본적인 역량들이다. 실용적인 목적에서도, 자기성찰의 과정에서도 읽기와 쓰기의 역량은 중요하다. 자기성찰이 사회적 존재로서 '나'와 '나의 세계'를 인식하는 데서 비롯된다면, 그 시작은 지식을 습득하고, 사회에 대해 발언하며 능동적으로 참여하는 글쓰기와 독서 행위에서 시작된다.

　『글쓰기와 독서』는 학술적 글쓰기를 중심으로 글쓰기의 올바른 표현과 그 과정을 익히고, 독서에 대한 이해를 통해 의사소통을 증진시키고자 고안된 저서다. 특히 읽기와 쓰기의 융합 교육을 위해 1부와 2부에서 글쓰기와 독서의 기본적인 과정을 익히고, 3부에서 다양한 읽기와 쓰기를 실습하도록 계획했다. 글쓰기의 절차와 다양한 독서 과정을 익히고 이를 실습함으로써, 학생들은 사유의 지평이 확장되고 세계를 능동적으로 인식하게 될 것이다.

저자일동

| 차 례 |

Chapter I 글쓰기와 독서의 첫걸음

1. 글쓰기와 독서의 의미   9

2. 글쓰기와 독서의 과정   12

   1) 독서의 과정 12   2) 글쓰기의 과정 13

3. 글쓰기와 독서의 방법   48

   1) 독서의 방법 48   2) 글쓰기의 방법 50

4. 글쓰기의 윤리   56

   1) 인용하기 56   2) 글쓰기의 윤리 58

Chapter II 글쓰기와 독서의 연계

1. 분석적 읽기와 쓰기   63

   1) 분석적 읽기의 개념과 목적 63   2) 분석적 읽기의 방법 63

2. 비판적 읽기와 쓰기   81

   1) 비판적 읽기의 개념과 목적 81   2) 비판적 읽기의 방법 81

3. 창의적 읽기와 쓰기 97

   1) 창의적 읽기의 개념과 목적 97   2) 창의적 읽기의 방법 103

 Chapter III 글쓰기와 독서 연습

1. 인간이란 어떤 존재인가?(인문) 114

   1) 인간의 선과 악 114   2) 무의식적 존재로서 인간 119

2. 타인과 어떻게 함께 살아갈 것인가?(사회) 127

   1) 개인과 세계 127   2) 개인과 국가 130

3. 과학 기술의 발달은 인류의 진보를 담보하는가?(과학) 135

   1) 과학 기술과 자연환경 135   2) 과학자의 역할 141

4. 인간을 감동시키는 것은 무엇인가?(예술) 146

   1) 예술의 정의 146   2) 인간을 감동시키는 예술 150

Chapter I

글쓰기와 독서의
첫걸음

Chapter 1

글쓰기와
독서의 첫걸음

글쓰기와 독서는 사유와 행위의 근간을 이룬다. 특히 독서는 인간의 생각을 만드는 중요한 기제다. 독서의 과정을 통해 정보를 습득하고, 이를 토대로 삶의 감각과 가치를 규정하게 된다. 이 자기화의 과정에서 우리는 세계를 사유하고 인식하며, 나만의 세계관을 형성·확장해 나간다. 이후 글쓰기를 통해 정보를 가다듬고 사고를 논리적으로 구축한다. 글쓰기는 대상을 비판하고 논리를 조직하며 새로운 의미를 만드는 실천적 과정이다. 따라서 1장은 글쓰기와 독서의 의미와 그 과정에 대해 학습하는 것을 목표로 한다. 분석적 읽기, 비판적 읽기, 창의적 읽기로 나누어지는 여러 독서법의 개념을 알아보고, 주제잡기에서 퇴고까지 글쓰기의 과정에 대해 학습해 보자.

❶
글쓰기와 독서의 의미

    창의적 주제는 세상을 독서하는 것에서부터 비롯된다. 창의성은 '무(無)'에서 '유(有)'를 만드는 것뿐만 아니라, '유(有)'에서 '또 다른 유(有)'를 이끌어내는 것을 의미하기 때문이다. 세상을 읽는다는 것은 지금의 세상(有)을 좀 더 나은 세상(또 다른 有)으로 변형하고자 하는 무의식적 욕망을 내재한 행위이다. 그러므로 현대에 이르러 읽기는 단순히 수동적 읽기에 머물지 않고 새로운 의미를 생산하는 능동적 과정의 읽기로 재규정되어야 한다. 따라서 새로운 의미를 생산하는 과정으로서의 소통은 바로 능동적 읽기 과정에서부터 시작된다고 할 수 있다. 다음 김수영의 '풀'을 읽고 읽기에 대해 생각해 보자.

풀

김수영

풀이 눕는다
비를 몰아오는 동풍에 나부껴
풀은 눕고
드디어 울었다
날이 흐려서 더 울다가
다시 누웠다

풀이 눕는다
바람보다도 더 빨리 눕는다
바람보다도 더 빨리 울고
바람보다도 먼저 일어난다

날이 흐리고 풀이 눕는다
발목까지
발밑까지 눕는다
바람보다 늦게 누워도
바람보다 먼저 일어나고
바람보다 늦게 울어도
바람보다 먼저 웃는다
날이 흐리고 풀뿌리가 눕는다

1968년 『현대문학』에 발표된 「풀」은 민중에 대한 연민과 강인한 생명력에 대해 찬사를 보내는 김수영의 대표적인 참여시이다. 이 시에 등장하는 '풀'은 민중을 상징하며 '바람'은 민중을 억압하는 외세, '누워도/일어나고, 울어도/웃어도'와 같은 반복·대립 구조는 민중의 강인한 생명력으로 해석되어 왔다. 그러나 바람과 풀의 관계가 적대적이지 않다면 이 시는 저항시라는 주제 의식에서 벗어나게 된다. 풀과 바람이 모두 자연의 하나라는 점에서 그 둘의 관계가 상호적이라면, 바람은 풀이 눕거나 일어나는 동력으로 해석될 수 있다. 또한 '풀'과 '바람'을 숙명적인 관계로 접근한다면, 이때 '풀'은 인생의 역설을 운명적으로 수용하는 생명성의 존재로 해석될 수도 있다. 이처럼 저항시로 읽었던 김수영의 「풀」은 많은 연구자에 의해 다양한 관점으로 독해되고 있다.

비단 시와 소설과 같은 문학 작품에 대한 해석뿐만 아니라, 여성과 남성, 장소와 역사적 인물까지도 시대적, 사회적 맥락에 따라 해석과 평가가 달라진다. 시대와 대상에 대한 인식이 달라지면 이에 대한 의미도 달라질 수밖에 없다. 그런 의미에서 정답을 찾아가는 독서에 대한 의미가 재고_{再考}되어야 한다. 독서란 텍스트를 읽으며 새로운 의미를 만들어내는 것이다. 정독_{精讀}과 오독_{誤讀}에서 벗어나 다양한 주제 의식과 그것의 근거들이 공존하는 것, 이것이 능동적 독서의 시작이다.

그렇다면 좋은 글이란 이런 것이다. 다음의 예문을 함께 읽어보자.

　화려한 수사적 표현과 재주 많은 문장만으로 좋은 글을 쓸 수 없다. '좋은 글'이란 독자가 감동할 수 있어야 한다. 독자가 감동하는 글이란 독자의 마음을 움직이는 것이며, 이는 내용의 충실함에서 만들어진다. 좋은 글이란 사소한 순간이나 지나치는 일상에서도 새로움을 발견하고 가치를 만들어내는 것이다. 대상의 의미를 생각하고 그 대상과 새로운 관계를 형성하면서, 나는 나 자신과 세계에 대한 다양한 감각을 사유하고 경험하게 된다.

　감동적인 소통을 실천하는 창의적 사유와 내용을 만들기 위해서는 '노력'이 필요하다. 합당한 가치를 찾고, 참신한 주제를 생산하며, 이에 맞는 논리적 구성을 고민한 많은 노력들이 독자들에게 읽는 즐거움을 선사할 것이다. 이 세상에서 글을 쉽게 쓰는 사람은 아무도 없다. 글을 쓰는 것이 직업인 작가들 역시 실은 엄청난 노력 속에서 작품을 생산하고 있다. 노력만이 좋은 글을 만들어낼 수 있다.

　'좋은 글'을 위한 노력의 중요한 부분은 독서에서 시작된다. 책을 읽고 글의 정보와 논리적 구성을 해석하고 비판하는 과정에서 우리는 새로운 의미를 발견하고 나의 논제를 생산한다. 따라서 읽기와 쓰기는 불가분의 관계이다. 많은 독서를 통해 지식을 얻고, 그 과정에서 빚어낸 새로운 사유를 토대로 글을 쓴다. 이와 같은 '노력'을 통해 독자가 감동하는 글쓰기가 가능해진다.

글쓰기와 독서의 과정

1) 독서의 과정

독서의 과정은 단계가 필요하다. 일단 대강의 정보를 확인하는 '준비 단계'가 있다. 이 단계는 저자의 정보, 제목이나 전체적인 구성을 훑어보면서 글의 내용을 예측하고 질문하는 과정을 의미한다. 두 번째는 '독서 단계'로 글의 논거와 구성 등을 세밀히 독해하는 것이다. 이 과정에서는 글의 내용을 파악하고 주제 의식을 분석하는 정독의 행위가 필요하다. 정독의 가장 좋은 방법은 '요약'이다. 세 번째 '재독再讀의 단계'로 읽은 내용을 통해 새로운 의미를 도출하거나 반론을 제기하는 단계다.

준비 단계
글의 내용 예측과 질문

독서 단계
분석적 읽기

재독(再讀) 단계
새로운 의미 발견

글을 읽는 과정은 한 편의 글에 대한 구성의 이해에서 시작된다. 한 편의 글은 단어, 문장, 문단으로 구성된다. 단어들이 모여 하나의 문장을 만들고, 그 문장들을 하나의 내용으로 묶으면 문단이 된다. 독서를 할 때, 단어의 의미를 정확히 이해하고 문단의 연결과정과 맥락을 음미해야 한다. 글에 대한 논증 과정의 이해는 문단을 따라가는 과정과 같다.

따라서 문단을 중심으로 글을 읽는 과정은 중요하다. 문단文段이란 글의 내용이나 형식을 중심으로 나눈 단위를 말하며, 한 편의 글은 문단이라는 작은 묶음들의 논리적 구성을 의미한다. 즉, 전체적인 글에서 의미의 기본 단위가 문단이며, 독해는 문단의 흐름을 읽어내는 것을 의미한다. 문단의 구성과 흐름을 잘 읽어내는 것 이것이 독서의 핵심이다.

더 알아보기

문단은 중심문장과 뒷받침 문장들로 구성된다. 문단의 형식적인 표현은 들여쓰기이다. 문장을 들여쓰는 것은 새로운 문단이 시작되었음을 의미한다. 한 문단에는 하나의 소주제를 담고 있어야 한다. 쉽게 말해, 한 문단은 하나의 이야기를 서술해야 한다. 한 단락에 여러 가지 이야기를 담으면 논리적 흐름과 주제 의식이 모호해진다.

문단은 긴밀성, 완결성, 통일성을 요건으로 한다. 한 단락에서 서술되는 문장은 서로 질서있고 긴밀히 연결되어야 하며, 한 단락은 하나의 이야기를 충분히 담아내야 한다. 또한 단락은 하나의 주제를 통일되게 서술해야 한다. 문단을 따라 논리적 흐름을 읽어가는 독자에게 문단의 통일성은 매우 중요하다.

---

2) 글쓰기의 과정

한 편의 글을 완성하기 위해서는 글쓰기와 관련된 여러 과정과 절차를 거쳐야 한다. 일단 자료를 찾으며 주제를 선정하고, 이를 바탕으로 관련된 자료를 모으고 주제를 확정한다. 이후 개요를 작성하며 글감들을 배치하고 글의 논리적 구조를 다듬는다. 개요 작성 이후 본격적으로 글쓰기를 진행한다. 퇴고의 과정을 통해 문장과 문단의 관계 등을 수정하고 다듬어 한 편의 글을 완성한다. 이 과정에 대한 절차를 수행해야 논리적 구성의 글쓰기가 가능하다. 글쓰기의 과정을 점검하여 본격적으로 글쓰기를 시작해 보자.

글쓰기의 일반적 과정

| 주제 선정

글은 독자에게 감동을 주어야 한다. 그렇다면 감동은 어디에서 오는 것일까? 형식이 중요하다고 하는 사람도 있고 내용이 중요하다고 하는 사람도 있다. 하지만 분명한 것은 창의적인 내용이 마련되지 않은 상태에서 형식만 가지고는 절대로 독자를 감동시킬 수 없다는 사실이다. 사람들은 내용의 중요성을 간과하고, 말과 글로 겉만 번지르르하게 치장한 '문장력'의 힘으로 오인하는 경우가 많다. 별다른 비유를 구사하지 않은 과학자의 글이 독자에게 감동을 줄 수 있는 이유는 사람들이 잘 알지 못했던 내용들을 담고 있기 때문이다.

그렇다면 독자를 감동시킬 수 있는 내용은 어떤 내용일까? 무엇보다도 독자의 기대 지평을 일탈한 창의적 사유를 보여주는 내용이어야 한다. 창의적 사유는 주제의 선택에서부터 드러난다. 주제란 글의 중심이 되는 문제를 의미한다. 모든 소통에서 가장 중요한 것은 주제다. 글감을 선별하는 노력을 아끼지 않는 것도, 소통의 구성을 고민하는 것도 그리고 적절한 표현을 찾기 위한 수고를 아끼지 않는 것도 오롯이 주제를 잘 전달하기 위한 행동이다. 그러나 정작 사람들은 이러한 주제를 간과하는 경우가 대부분이다. 특히, 글을 쓰면서 종종 주제는 대충 정하고 오히려 글의 구성과 표현에만 신경을 쓰는 경우도 있다. 이는 '좋은 글'을 문장력이 뛰어난 글로만 인식하는 그릇된 편견에서 기인한다.

주제의 중요성을 강조하고 나면, 학생들은 대부분 주제가 참신해야 한다는 고민에 빠진다. 그러나 새로운 주제만이 참신한 것은 아니다. 우리가 기존에 알고 있던 내용에 대해 세밀히 관찰하고 분석한 과정을 보여주는 것 역시 독자에게 새로움을 선사한다. 사실 당연히 여기고 있는 사회 현상에 대해 우리는 왜 그런 현상이 생겼는지, 이 현상이 왜 중요한지 등을 자세히 알지 못한다. 사회 현상에 대한 세밀한 논증 과정은 그 자체로 대상에 대한 새로운 관점을 선사하고 독자를 감동시킬 수 있다. 또한 새로운 글감을 통해서도 참신한 주제를 선정할 수 있다. 따라서 새로운 주제를 찾기보다 평소 생각했고 관심이 있는 사회 현상에 대해 자료를 찾고 문제의식을 발전시켜 나간다면 좋은 주제를 선정할 수 있다. 다음 예문을 함께 읽어보자.

떡볶이를 먹으며

나의 소년 시절에 떡볶이는 귀한 음식이었다. 어머니는 설에만 떡볶이를 해주셨다. 설에 가래떡과 쇠고기로 떡국을 끓여서 차례를 지내고, 남은 재료로, 떡볶이를 만들었다. 고기가 귀해서, 녹두전을 부칠 때는 돼지비계 한 점을 녹두전 한가운데에 보석처럼 박았고, 나의 형제들은 그걸 서로 파먹겠다고 머리를 부딪치며 덤벼들었다. 떡볶이를 만들 때 어머니는 고기를 늘궈서 여러 아이들에게 골고루 먹이느라고 가루가 되도록 다졌다.

어머니의 떡볶이는 간장 베이스였다. 간장에 대파와 마늘, 설탕을 넣어서 소스를 만들고, 거기에 떡과 다진 고기를 넣었다. 어머니는 떡을 끓이기 전에 손으로 조물조물 주물러서 간이 배게 했고 대파를 어슷어슷 썰었다. 국물을 넉넉히 잡고, 국자로 둥글게 저어가며 뭉근한 불에 지적지적 끓였다. 아이들은 이가 야무져서 질긴 것을 씹고 싶어 했으므로 어머니는 가래떡이 너무 무르지 않게 끓여냈다.

어머니는 서울 토박이, 깍쟁이 여자였고, 서울 사대문 안 청계천 북쪽 고향을 자랑으로 여겼다. 어머니는 간장 베이스 떡볶이가 순 서울식이며 대궐에서 임금님이 드시던 음식이라고 늘 자식들에게 자랑했다. 내가 임금님은 맨날 이런 것만 드시냐고 물었더니 어머니는 대답하지 않았다.

설에서 정월 보름 사이에 때때로 떡볶이를 간식으로 먹었다. 끼니와 끼니 사이에 먹는 간식은 행복했다. 간식은 김치와 찌개를 차려놓고 먹는 끼니의 중압감이 없었고, 배가 고프지 않아도 사치와 여유로서 음식을 먹는 일은 즐거웠다. 그 즐거움이 가래떡에 담겨서 목구멍으로 넘어왔다. 가래떡에 고기 가루가 붙어 있었고, 고기 맛이 떡에 스며 있었다. 간장의 짠맛과 설탕의 단맛이 섞여서 가래떡은 쌀을 군것질을 바꾸어놓고 있었지만, 그 안에 쌀의 질감은 여전히 남아 있었다. 어머니의 간장 베이스 떡볶이 맛은 단정하고 질서가 잡혀 있었다. ⋯

나는 오랫동안 노동으로 밥벌이를 하면서 거리에서 이것저것 사먹었다. 늘 시간에 쫓겨서 먹고 싶은 것을 찾아 먹기보다는 가까운 식당에 가서 먹었다. 떡볶이는 거의 먹지 않았다. 떡볶이는 하루의 노동을 버티어줄 만한 음식이 될 수 없었다. 떡볶이 가게에는 끼니때와 상관없이 늘 청소년들이 와서 먹고 있었다.

2018년 연말에 나의 일을 도와주는 후배가 먹자고 해서 30여 년 만에 처음으로 떡볶이를 먹었다. 한 그릇에 5천원짜리였는데, 간장 베이스가 아니라 고추장 베이스였다. 공장에서 대량 생산되는 고추장에 설탕, 대파, 기름과 여러 조미료를 넣어서 끓여낸 음식이었다. 건더기로는 가래떡뿐 아니라 넓적한 어묵(오뎅)도 들어 있었다.

3년 전 서울 노량진 고시촌에 가봤더니, 가래떡과 오뎅을 넣은 떡볶이를 팔고 있는데, 그 메뉴의 이름은 '떡오'(가래떡+오뎅)였다. 떡오의 값은 식당마다 차이가 있었는데 대체로 3~4천 원 정도였다. 공무원 시험을 준비하는 젊은이들이 일회용 컵에 떡오를 담아 들고 다니면서 거리에서 먹었다. 가로수 그늘에 앉아 떡오를 먹으면서 9급 행정직 시험문제집을 들여다보는 젊은이들도 있었다. 노량진 떡오는 고추장 베이스였다.

2018년 연말에 내가 후배와 함께 먹은 떡볶이는 떡오 계열이었다. 쫄면이 섞여 있어서 떡오 접시는 어수선해 보였다. 고추장 맛이 접시를 지배하고 있어서 가래떡 맛과 오뎅의 맛은 고추장 속에서 서로 만나는 듯했다. 단맛과 쓴맛을 섞으면 초콜릿의 맛이 태어나듯이 떡오 접시 속에서 고추장의 매운맛과 설탕의 단맛이 섞이면서 단맛의 물림에 매운 자극이 들어가고 고추장의 매운맛에 달달한 기운이 스며서, 고추장 베이스 떡오는 새로운 맛의 영역을 융복합해내고 있었다. 이 맛의 영역은 내 어머니의 간장 베이스보다 더 넓고, 낮고, 대중 친화적이었다.

음식을 먹으면 그 재료는 똥이 되어 몸을 빠져나가지만, 맛은 사라지지 않고 마음의 지층 맨 밑바닥에 숨어 있다가 불현듯 솟아오른다. 지나간 맛을 지나갔다고 해서 부재하는 것이라고 말할 수는 없다. 지나간 맛이 살아나서, 먹고 싶은 미래의 맛을 감질나게 하고, 지금 이 순간의 맛이 지나간 맛을 일깨워서, 나는 지나간 맛과 지금 이 순간의 맛과 다가오는 맛을 구분하지 못한다. 지나간 맛은 결핍이고, 지금 이 순간의 맛은 충만이다. 이런 개념적인 언사는 음식을 헛먹은 사람들의 말이다. 결핍이 간절하면 가득차서 현재의 시간에서 되살아난다. 먹을 것이 없어도 맛의 기억은 사라지지 않는다.

고추장 베이스 떡볶이를 먹고 있노라니까 아득히 먼 시간의 저쪽에서 내 어머니의 간장 베이스 떡볶이 맛이 살아서 내 마음을 찔렀다. 그 아픔은 슬픔과 기쁨이 섞인 생의 감각, 즉 융합고통이었다. 간장과 고추장 사이에서 60년에 가까운 세월이 흘러서 간장 베이스는 겨우 명맥을 유지할 뿐, 지금은 고추장 베이스의 전성시대다.

전주비빔밥, 나주곰탕, 충무김밥 들은 동네 이름을 브랜드로 삼아서 오히려 광역화되었지만, 떡볶이는 동네 명칭 없이, 본적지 없는 음식으로 전국에 퍼져서 '국민간식'의 지위에 올랐다. 뉴욕이나 파리에도 한국 사람들의 떡볶이 가게가 성업중이라고, 먹고 온 사람들한테서 들었다.

경기도 파주의 대형유통센터 안에 있는 떡볶이 식당에 갔더니 뷔페식이었다. 손님들은 재료와 양념을 입맛대로 가져다가 테이블 위에서 조리해 먹는다. 손님은 주로 젊은 남녀들이었다.

젊은이들은 떡볶이를 간식이라기보다는 점심의 끼니로 먹고 있었는데, 떡볶이에는 끼니의 무게가 빠져나가서 끼니는 경쾌하다. 젊으나 늙으나, 다들 밥벌이는 힘든 것일 테지만, 떡볶이를 먹는 낮 시간의 밥벌이는 좀 덜 힘들어 보였다. 고추장 베이스의 맛이 단맛과 매운맛의 융합반응이듯이 지금 떡볶이라는 요리의 스타일은 끼니와 군것질 사이에서 새로운 양식을 융합해내고 있다. 한국의 떡볶이는 군것질을 끼니 쪽으로 끌어들임으로써 끼니를 가볍게 하고 군것질을 무겁게 해서 먹고사는 일의 긴장을 헐겁게 해준다.

떡볶이 뷔페 식당에서 각자의 양념으로 떡볶이를 조리 할 때 손님이 맛을 주도하는데, 이때 조리는 놀이에 가까워진다. 고추장을 더 넣네 안 되네를 놓고, 테이블에 둘러 앉은 사람들은 자연스럽게 수다를 떤다. 조리와 놀이를 함께하면서 젊은이들의 웃음이 터질 때 나는 기쁘다.

고추장 베이스 떡볶이는 궁중떡볶이를 누항으로 끌어 내려 전 국민의 음식, 청소년의 음식으로 정착시켰다. 간장에서 고추장으로의 전환은 삶을 받아들여서 변화시키는 대중의 힘을 보여준다. 그 변화의 방향은 낮게, 넓게, 그리고 맞게, 새롭게이다.

나이 먹으니까 입맛도 변해서 나는 이제 떡볶이를 먹지 않는다. 나는 가래떡에 아무런 양념을 하지 않은 채 오븐에 구워서 먹는다. 겉은 노릇노릇하게 익어서 바삭하고 속은 포근하다. 떡볶이가 아니라 떡구이다. 떡구이는 쌀맛의 순결한 원형이다. 떡구이는 간장 베이스도 아니고 고추장 베이스도 아니다. 나의 떡구이는 제로 베이스다. 제로 베이스 속에도 어머니의 간장 떡볶이는 어른거린다.

김훈, 『연필로 쓰기』, 문학동네, 2019. 177-184쪽.

위 예문은 '국민간식' 떡볶이를 통해 경쾌하고 즐거운 대중 친화적인 맛의 사회성을 이야기하고 있다. 맛이라는 것은 단순히 단맛, 신맛 등의 미각을 의미하지만, 부재와 결핍은 "현재의 시간에서 되살아"나는 추억의 맛이다. 간장에서 고추장으로 변해버린 떡볶이는 저자의 추억에서 대중들이 사랑하는 즐거운 '끼니'로 변모했다. 이 글에는 떡볶이에 대한 어머니와의 추억, 대중성, 그리고 경쾌함이 공존한다. 우리가 흔히 먹는 떡볶이라는 일상적 소재가 어머니에 대한 그리움에서 음식의 문화사로 확장되는 이 글은 주제가 그리 무겁지 않아도 좋은 글을 쓸 수 있다는 예를 보여준다.

주제를 선정하는 데 있어 나의 능력을 벗어나는 심각하고 무거운 주제보다는 생활에서 느끼는 문제의식을 고찰하는 과정이 중요하다. 작은 주제에서 시작해 세밀한 논의를 통해 결론에 도달하는 것이 중요하다. 주제를 선정하는 과정을 충실히 실천하고 요건을 수행한다면 좋은 논의를 생산할 수 있다. 구체적으로 주제 선정의 과정을 알아보자.

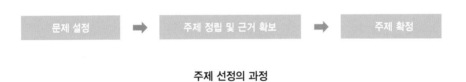

주제 선정의 과정

(1) 문제 설정

문제 설정은 주어진 텍스트를 요약하고 그것의 주요 내용을 파악하는 과정이다. 이때 자신의 능력에 맞는 논의 가능한 주제인지, 문제의 범위가 적절한지 등을 살펴야 한다. 기본적으로 화제(이야기할 만한 재료나 소재)가 선정되면, 이것의 문제의식을 심화하는 과정으로 많은 자료를 독해해야 한다. 이때 텍스트의 내용을 비판적으로 평가하며 자신이 다룰 문제의 범위를 구체화한다.

주제 정립 및 근거 확보는 화제 선정 후 그 주장의 근거를 확보하여 주제를 세분화하는 과정이다. 텍스트를 비판적으로 읽는 과정에서 주제 의식이 설정되면, 그 문제에 대해 어떤 주장을 할 것인지, 어떤 의견을 낼 것인지 결정한다. 그리고 이에 대한 근거를 마련할 수 있는지 자료를 수집해야 한다. 이때 근거 자료가 부족하다면 주제 정립의 방향을 바꾸거나 문제 설정 단계로 되돌아가 다른 주제로 변경하기도 한다.

(3) 주제 확정

주제를 확정하는 단계는 화제에 대한 충분한 문제의식을 심화하고 구체화된 상태를 의미한다. 주제는 명사형으로 끝나거나, 의문형, 비유적 표현을 지양하고, '~다', '~자'의 문장으로 명확히 표현해야 한다. 주제는 모호하지 않고 구체적인 표현을 해야 하며, 명확히 그 의미를 전달해야 한다. 주제의 구체화 과정은 자료를 독해하는 과정에서 가능하니, 주제 단계부터 많은 자료를 수집하고 정리해야 한다.

더 알아보기

주제의 요건

1. 논의할 가치가 있는 주제인가
2. 새롭고 참신한 주제인가
3. 논의의 근거와 주장의 범위가 명확한 주제인가
4. 글쓴이가 서술할 수 있는 범위의 주제인가
5. 명확한 문장으로 서술 가능한 주제인가
6. 하나의 논의로 이루어진 주제인가

다음 주제들의 적절성에 대해 생각해 보시오.

1) 치매 노인 시설관리의 문제
2) 우리가 가진 미래는 푸른빛이다.
3) 다문화에 대한 정책을 마련해야 한다.
4) 환경 오염을 막자.
5) 인간은 동물을 지배할 권리가 있는가?

| 자료수집

독자가 감동하는 글이란 참신한 주제와 풍성한 논리적 근거에서 도출된다. 다양한 근거와 새로운 글감 등은 자료수집을 통해 가능하다. 오롯이 자기의 지식으로만 글을 쓴다면 빈약한 글을 생산할 수밖에 없다. 글쓰기는 새로운 지식을 알아가는 과정에서 나의 생각을 정리하고 논의를 진전시키는 것이다. 이런 이유로 자료수집은 좋은 글쓰기의 가장 중요한 준비 단계라 하겠다. 글의 논리적 구성은 참고한 저서의 인용과 자신의 주장이 적절히 논의되는 과정을 통해 이루어진다. 다음 예문을 보며 자료찾기의 중요성에 대해 생각해 보자.

> ### "나도 책을 읽고 싶다"… 장애인, 독서인권을 말하다
>
> 2019년 12월 기준으로 집계된 국내 장애인 수는 291만명이다. 장애 분류별로 나누면 시각장애인이 25만명, 발달장애인이 24만명, 청각장애인이 37만명, 지체장애인이 122만명이다. 그중 다수는 도서 접근성을 저해 받는 독서장애인이다.
>
> 독서는 모든 이가 더 나은 삶을 위한 필요 충분 조건이다. 독서에 장애가 존재한다는 것은 삶의 질의 저하로 이어진다. 하지만 장애인은 책을 읽는 행위 자체에 어려움을 겪는다. 도서 접근 자체가 원천적으로 봉쇄된 이들도 적지 않다.

장애인의 독서율은 비장애인보다 훨씬 낮다. 2019년 문화체육관광부의 「국민독서실태조사」에 따르면 국민 독서율은 52.15%였다. 반면 2020년 (조사대상 7세 이상 장애인 3,545명) 장애인 독서율은 26.6%였다. 장애인 독서율은 비장애인의 절반에도 미치지 못한 셈이다.

　　장애 중에서도 차이가 있다. 상대적으로 시각장애가 34.6%로 높은 반면 ▲발달장애 33.8% ▲지체장애 26% ▲청각장애가 18.5% 순서로 조사됐다. 청각장애인의 독서율이 발달장애보다 낮게 측정된 데 대해 의아할 수 있는데, 이는 지적 능력과 문해력의 차이에서 기인한다. 발달장애인의 경우 교육을 받으면 초등학교 4학년 정도의 지적 능력을 지닐 수 있기에 어느 정도 독서가 가능하지만, 청각장애인의 경우 지적 능력은 높지만 문해력이 떨어져 독서에 어려움을 겪는다. 국립장애인도서관 관계자는 "문해력이 낮은 청각장애인은 단어의 의미를 파악하기 어려워 독서로 재미를 느끼기가 어렵다. 특히 교육을 제대로 받지 못한 고령층의 경우 사실상 혼자 책을 읽기 힘든 경우가 많다"며 "요즘 젊은층의 경우 나아지고는 있지만 다른 장애보다 독서가 어려운 게 사실"이라고 설명했다.

　　도서관 등을 찾아 도움을 받으면 상황은 나아지겠지만, 그것도 말처럼 쉽지 않다. 무엇보다 도서관을 찾아가는 게 불편(30.9%)하다. 그렇다고 점자도서관 등 장애인도서관을 찾아가자니 집에서 멀어(19.9%) 찾기가 쉽지 않다. 또한 일반 도서관에 장애인을 위한 자료실이 부재(7.1%)하고, 직원(사서)의 장애인에 대한 이해 부족(3.5%)도 방문을 꺼리게 하는 이유다. 실제로 발달장애와 청각장애의 경우 독서를 하면서 특유의 발성음을 내기 마련인데, 비장애인은 물론 소리에 민감한 시각장애인들마저 불편감을 토로하면서 차가운 시선을 받기 일쑤다.

(Base : 전체, 단위 :%)

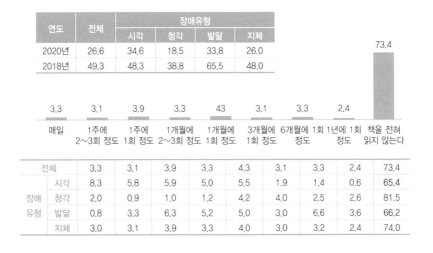

연도	전체	장애유형			
		시각	청각	발달	지체
2020년	26.6	34.6	18.5	33.8	26.0
2018년	49.3	48.3	38.8	65.5	48.0

		매일	1주에 2~3회 정도	1주에 1회 정도	1개월에 2~3회 정도	1개월에 1회 정도	3개월에 1회 정도	6개월에 1회 정도	1년에 1회 정도	책을 전혀 읽지 않는다
전체		3.3	3.1	3.9	3.3	4.3	3.1	3.3	2.4	73.4
장애 유형	시각	8.3	5.8	5.9	5.0	5.5	1.9	1.4	0.6	65.4
	청각	2.0	0.9	1.0	1.2	4.2	4.0	2.5	2.6	81.5
	발달	0.8	3.3	6.3	5.2	5.0	3.0	6.6	3.6	66.2
	지체	3.0	3.1	3.9	3.3	4.0	3.0	3.2	2.4	74.0

장애인 독서율 「장애인 독서활동 실태조사」

도서관 측에서 별도의 독서 공간을 제공하면 좋겠지만 여건이 여의치 않은 곳이 많고, 무엇보다 직원들도 장애에 관한 이해도가 부족해 어떻게 대처해야 할지 모르는 경우가 다반사다. 저시력자인 배희진(25)씨는 독서신문과의 인터뷰에서 "도서관 직원이나 사서 분들이 도와주고 싶어도 어떻게 도와줘야 할지 모르는 경우가 많다. 어떻게 장애인을 대해야 하는지 매뉴얼 같은 게 있으면 좋겠다"고 토로했다. 농아인(청각장애인) 노경섭씨는 "겉보기에 괜찮다고 장애가 없다고 생각하는 경우가 많은데 의사소통에 어려움이 많다. 수어를 할 줄 아는 직원들이 좀 더 많아졌으면 좋겠다"고 말했다. 코로나19로 국립장애인도서관 이용이 제한되기 전까지 노경섭씨는 거의 매일 왕복 3시간 거리를 오가며 '수어대면낭독'(수어통역사가 책 내용을 쉽게 설명) 서비스를 이용했다. 그는 "집 근처 도서관에도 수어대면낭독 서비스가 있었으면 좋겠다"는 희망을 전했다.

국립장애인도서관 장애인정보누리터 관계자는 "국립장애인도서관에는 여러 프로그램이 마련되어 있고 방음 설비도 잘 되어 있어 이용에 불편함이 적지만 시설이 협소해 늘 이용객이 넘친다. 일반 도서관에 여러 현실적인 문제가 있겠지만, 신체적 장애를 능가하는 정서적 불편감은 해소할 필요가 있다. 그래야 장애인이 집 주변 도서관을 부담 없이 이용할 수 있다"며 "장애인 관련해서 국립장애인도서관에서 다양한 온라인 사서 프로그램을 제공하고 있다. 중요한 건 서로를 이해하려는 의지다. 도서관 직원도, 장애인도 상대의 입장에서 생각해본다면 장애인 독서 생활은 지금보다 좀 더 나아질 것"이라고 설명했다.

전자책과 오디오북의 활성화는 오프라인 독서 제약의 해소책이 될 수 있다. 발달장애와 청각장애의 경우 책 내용을 쉽게 풀어낸 콘텐츠를 선호하는데, 일례로 도서 플랫폼 밀리의 서재가 제공하는 '챗북' 등의 채팅형 콘텐츠는 책 내용을 쉽게 풀어내는 도구로 작용한다. 다만 앱에서 책을 선택하는 이용 접근성이 떨어지는 건 문제점으로 지적된다. 특히 대다수 도서 서비스가 이미지에 관한 음성 서비스를 제대로 제공하지 못하고 있다. 시각장애인 김예지 국민의힘 의원은 "시중 도서앱을 이용할 때 어찌어찌하면 이용은 가능하지만 사용에 어려움이 존재한다. 사실 이건 장애, 비장애를 떠나 접근성 기준에 충실하면 해결될 문제" 라고 지적했다.

서민음, <독서신문>, 2021.06.24.

위의 글은 장애인 독서 인권에 대한 글이다. 이 글은 장애인 독서율, 도서관 독서 활동에 대한 실태 조사, 이용의 불편한 점 등에 대해 다양한 근거를 제시하며 문제의 심각성을 강조하고 있다. 특히 이 글은 장애인 독서 인권에 대해 전반적으로 서술하면서도, 청각장애인과 발달장애인이 겪는 도서관 이용의 불편함을 구분하여 미시적인 접근을 보여주고 있다. 이 글을 읽고 문제에 공감하는 것은 구체적인 문제 제기와 실태 조사에 따른 세밀한 근거로 논리적인 연관성을 보여주었기 때문이다. 독자를 설득하고 공감하게 하는 방법은 구체적인 주제와 이에 따른 근거의 연계과 정에서 기인한다. 근거없는 주장에 독자는 공감하지 않는다. 독자가 주제에 동의하는 방법은 적절한 자료에 있다.

자료를 선정하는 기준은 저자, 출판사, 발표 시기 등으로 나뉜다. 일단 논의에 맞는 적절한 자료를 선정하는 것이 중요하다. 저자의 경우 해당 분야의 전문가인지 확인해야 하며, 주제와 연관성 있는 연구자의 자료를 선정해야 한다. 출판사도 전문적인 역할을 수행하는지 확인해야 하며, 학술지나 단행본과 같이 공인된 곳이 좋다. 자료의 시기도 중요하다. 기준은 없으나 현재 발생하는 사회적 문제를 주제로 삼는다면, 그 근거로 사용되는 자료는 최근의 논의일수록 좋다.

자료는 도서관에 가거나 도서관 사이트를 검색하는 것이 가장 좋다. 도서관에 직접 가서 책을 찾아보거나, 도서관 사이트를 통해 논문, 전자책, 잡지 등을 검색하고 관련된 정보를 찾아 수집·정리할 수 있다. 인터넷 자료의 경우 블로그나 구글 검색은 하지 않는다. 블로그나 구글 검색을 통해 얻은 자료들은 출처를 알 수 없고, 어디까지가 저자의 글인지가 불분명하다. 따라서 인터넷 검색은 환경청, 통계청 등 정부 산하 사이트(-or.kr / -go.kr 로 끝나는 URL 주소)나 일간지 등 공인된 사이트를 이용해야 한다. 아래 정리한 표를 참고하면 쉽게 양질의 자료를 수집할 수 있다.

자료를 수집한 후 정리·요약을 할 때, 저자명, 제목, 출판사, 연도, 쪽수와 같은 출처를 함께 기입해 두면 좋다. 집필 과정에서 표절의 위험을 미연에 방지하고, 글감 정리에도 용이하기 때문이다. 글쓰기의 시작은 요약과 발췌에서 시작된다. 좋은 자료를 선정·수집하고, 출처를 밝혀 발췌해 두는 것은 글감을 모으는 가장 중요한 기초 작업이다.

도서관	인터넷 사이트	전자자료
국회도서관 국립중앙도서관 (구ㆍ시립) 도서관 중부대학교 도서관	신문사(일간지) 통계청(http://kostat.go.kr) 환경청(http://me.go.kr) 한국인터넷진흥원 통계정보검색시스템 (http://isis.kisa.or.kr)	국가 전자 도서관 DBpia(http://www.dbpia.co.kr) Kiss(http://kiss.kstudy.com) RISS(http://www.riss.kr)

◦ 학습활동 ◦

다음 주제에 알맞은 자료를 종류별로 정리해 보시오.(저자명, 제목, 출판사, 연도, 쪽수 기입)

주제 : 치매 노인에 대한 부양 부담 경감을 위한 복지 정책을 마련해야 한다.

신문	
저서	
논문	
기타	

| 개요쓰기

글의 논리적 구성을 가다듬기 위해, 집필전 개요쓰기 과정이 필요하다. 개요는 글을 쓰기 전 계획을 세우는 단계로 내용의 짜임새를 정리하는 것이다. 개요는 선정된 글감을 효과적으로 배열하기 위한 계획으로 내용의 순서를 정하는 단계다. 개요

가 주제와 내용을 통일하는 구조적 설계도라는 점에서, 개요를 작성한 후 집필을 시작하면 글은 논리적으로 구성할 수 있다.

개요는 글을 구성하는 데 있어 효과적인 과정이다. 글감이 정리되어도 설계과정 없이 바로 집필을 시작한다면, 글의 논리적 방향은 길을 잃을 수 있다. 또한 개요 단계에서 글의 내용을 수정한다면, 집필 이후 글의 내용을 수정하는 것에 비해 그 수고가 덜해진다. 이를 생각하며 다음 개요를 비교해 보자.

주제 : 치매 노인에 대한 부양 부담 경감을 위한 복지 정책을 마련해야 한다.

서론 : 치매 노인의 실태
본론 : 1. 노인복지의 역사
　　　　2. 치매 노인 복지 정책의 문제점
　　　　3. 부양 부담 경감을 위해 간병 시스템을 수정해야 한다.
결론 : 부양 부담 경감을 위한 복지 정책을 마련해야 한다.

주제 : 치매 노인에 대한 부양 부담 경감을 위한 복지 정책을 마련해야 한다.

서론 치매 노인의 실태	① **관심끌기** : 치매 개념 (국가건강정보포털 의학정보 http://health.kdca.go.kr) ② **맥락 설명하기** : 현재 초고령 사회이며, 치매 노인의 그중 중요한 문제이다. (이희성, 권순호, 「초고령사회의 노인복지제도의 문제점 및 개선방안」, 『노동법논총』 50, 한국비교노동법학회, 2020, 3쪽.) ③ **문제제기** : 치매 노인에 대한 복지 정책에 대한 논의의 필요성
본론 치매 노인 복지 정책의 문제점	① **노인복지의 역사** 구빈적 노인보호(1960년대) → 노인복지 등장 단계(1970년대) → 노인복지 기반조성 단계(1980~1990년대) → 노인복지 발전 단계(2000년대) → 노후준비 지원단계(2015년 이후) (이희성, 권순호, 「초고령사회의 노인복지제도의 문제점 및 개선방안」, 『노동법논총』 50, 한국비교노동법학회, 2020, 14-18쪽 참고.) ② **치매 노인 복지 정책의 문제점** 1) 노인 빈곤 증가, 복지시설 문제, 간병 시스템 문제 (전영수, 「간병 선진국, 알고 보니 '간병 지옥'」, 『시사저널』, 2012.04.23.) 2) 간병 시스템의 문제로 부양 부담이 증가 : 부양에 따른 사회적 제약, 의료비 지출, 노인 존엄성 훼손 등 (김옥희, 「치매노인복지정책에 관한 연구」, 『동의법정』 22집, 2005.8, 112-121쪽) ③ **부양 부담 경감을 위해 간병 시스템을 수정해야 한다.**

결론 부양 부담 경감을 위한 시스템을 마 련해야 한다.	① 요약 부양 부담 경감을 위한 간병 시스템 정책을 마련해야 한다. ② 전망 제시 평균수명 연장과 초고령사회에서 부양 부담에 대한 다양한 논의가 발전해야 한다.

두 개요는 같은 주제와 내용을 담고 있지만, 첫 번째 개요의 경우 세부적인 내용을 알 수 없다. 개요가 글의 내용과 구성을 한눈에 보여준다는 점에서 목차보다 구체적으로 표현하는 것이 좋다. 이는 집필의 전 단계로서 역할을 구체화하는 것이다. 내용의 논리적 구성과 주제 의식이 드러나게끔 항목화하고 문장 서술을 피하는 것이 좋다.

개요는 주제와 가치를 명확히 드러내야 한다. 개요에서 명확히 서술해야 하는 것은 주제 의식으로 글쓰기의 목표와 가치 등을 구체적으로 표현해야 한다. 그리고 주제의 가치는 독자가 이 글을 읽고 감동받을 수 있는 참신한 내용을 의미하며, 개요 전반에 이와 같은 의미가 드러나야 한다. 둘째, 서론, 본론, 결론의 구성을 항목화하여 구체적으로 서술해야 한다. 개요는 글의 설계도라는 점에서 한눈에 글의 구성을 볼 수 있게 소주제를 중심으로 항목화된 서술이 필요하다. 마지막으로 글의 근거가 되는 글감에는 반드시 인용과 출처 등을 제시하여 내용의 구체성을 확보한다. 개요 단계에서 출처를 미리 밝힘으로써 표절의 위험을 제거할 수 있다. 개요를 집필하면서 구체적인 내용의 구조를 만들어보자.

더 알아보기

개요 작성 시 점검 사항

1. 주제의 가치 및 명확성

  : 구체적으로 주제를 표현했는가?

  : 주제는 논의할 만한 가치가 있는가?

2. 내용

  : 주제와의 연관성이 적절한가

  : 글감이 충분히 담겨 있는가?

3. 구성

    : 서론–본론–결론의 구성이 적절한가?

    : 본론의 주장과 근거의 연결 관계가 타당한가?

    : 근거의 출처가 명확한가?

    : 서론–본론–결론의 구성에 있어 글감의 분포가 적당한가?

    : 본론의 논리적 구성이 주제와 적절히 연계되는가?

• 학습활동 •

다음 개요를 분석하고 수정해 보자.

주제 : 지하철 경로 무임승차 제도의 기준 연령은 그대로 유지되어야 한다.	**주제의 명확성:**
1. 서론 : 현재 시행되는 제도 현황 제도에 대한 찬반 논란과 논점 제시	**주제의 가치:**
2. 본론 (1) 긍정적 효과 　: 경제적, 복지적 효과 (2) 반대의견의 근거 반박 　: 철도 회사의 적자피해, 역차별 논란 (3) 현재 논해지는 수정 방안의 한계 　: 기준연령 상향 **결론** : 현행 유지가 가장 효율적이고 바람직하다.	**글의 구성:**

↓↓

```
┌─────────────────────────────────────────────┐
│ 주제 :                                        │
│                                              │
│ 1. 서론 :                                     │
│                                              │
│                                              │
│                                              │
│ 2. 본론 :                                     │
│                                              │
│                                              │
│                                              │
│                                              │
│ 3. 결론 :                                     │
│                                              │
└─────────────────────────────────────────────┘
```

| 집필

집필은 본격적으로 한 편의 글을 서술하는 과정이다. 공식적인 글쓰기의 경우 구어체나 경어체의 문장을 지양하고 문어체를 기본으로 한다. 또한 어문 규범에 맞는 문장을 서술하도록 노력해야 한다. 비록 말재주보다 내용의 진정성이 중요하지만, 비문(非文)은 독자와의 소통을 방해한다는 점에서 유념해야 한다. 문장이나 문단의 연결 관계 역시 주의해야 한다. 단락 구성의 요건을 확보하며 집필해야 한다. 한 문단에 대한 마무리 역시 중요하다.

집필하는 과정에서 자료를 인용한다면 각주를 철저히 달아야 한다. '서론-본론-결론'의 구성을 고려하기 위해 개요 단계에서 그 틀을 마련해야 하며, 개요를 바탕으로 한 편의 글을 작성한다. 따라서 한 편의 글을 쓰는 집필은 자료 수집과 정리, 개요의 틀이 확정된 이후에 진행하는 것이 좋다. 자료 수집과 개요 집필의 과정을 순환하며 글의 내용을 확정한 후, 집필을 시작한다. 이때 단어 선택, 문장, 문단 등을 고려하면서 서론, 본론, 결론을 서술하면 된다. 각 구성 단계마다 필요한 요건과 특징을 생각하며 집필을 시작해 보자.

(1) 서론

서론이란 글이 본격적으로 논의되는 처음을 의미한다. 독자와 처음 만나는 곳이라는 점에서 서론을 인상적으로 쓰는 것은 중요하다. 왜냐하면 서론은 독자가 글을 읽어야 하는 동기를 부여해 주는 곳이기 때문이다. 서론의 주요한 역할은 문제 제기다. 이 글을 쓰는 목적이나 현황, 방법, 문제점을 설명하며 무엇에 대해 논증할 것인지 논점을 명확히 밝혀야 한다. 흥미를 유발하는 이야기와 문제 제기를 잘 연결하는 것 또한 중요하다. 독자의 관심을 끄는 이야기 속에서 자연스럽게 논점을 밝히는 것, 그것이 서론의 역할이다. 서론의 구성을 알아보고, 이를 적용하여 아래의 글을 읽어보자.

흥미 유발	속담이나 격언, 경험이나 일화, 정의, 시사적 사건
맥락 설명	흥미 유발 소재와 주제의 관련성 논의
논점 제시	주제 의식 설명

베트남 소시지인 넴츄아에서 리스테리아나 보툴리누스 세균을 퇴치시켜주는 새로운 '천연 방부제' 성분이 발견됐다고 한다. 넴츄아는 바나나 잎으로 싸가지고 다니면서 먹는 전통 돼지고기 음식이다. 오스트레일리아 연구진이 찾아낸 천연 방부제는 사실 넴츄아에 들어있는 유산균이 만들어내는 '플란타사이클린B21AG'라는 항균성 단백질인 박테리오신이다. 열대의 더운 날씨에도 넴츄아가 쉽게 상하지 않는 비밀이 밝혀진 것이다.　　　　　　　　흥미 유발

그런데 '방부제'는 주로 가구용 목재나 실험용 생물표본 등의 부패를 방지하는 목적으로 사용하는 물질을 뜻하는 말이다. 대부분의 방부제는 인체에 강한 독성을 나타내기 때문에 섭취는 물론 흡입이나 피부 접촉도 금지된다. 그런 방부제를 사람이 먹는 식품에 쓰는 건 어울리지 않는다. 식품과학에서는 사람이 먹는 식품의 부태와 변질을 막기 위해서 사용하는 첨가제를 '방부제'가 아니라 '보존제'라고 부른다. 가공식품에 맹동성 방부제가 들어있다는 주장은 두 용어의 차이를 무시한 것이다. 방부제·살균제·보존제·항생제의 의미를 정확하게 이해하고, 구분해서 사용하는 지혜가 필요하다.　　　　　　논점 제시

이덕환, 방부제·살균제·보존제·항생제를 구분하자, <동아사이언스>, 2021.06.23.

서론의 구성은 흥미 유발, 맥락 설명, 논점 제시로 나눌 수 있다. 흥미 유발의 부분은 하나의 이야기를 통해 독자가 이 글을 읽어야 하는 당위적인 이유나 호기심을 만드는 것이다. 맥락 설명의 부분은 흥미 유발을 위해 제시한 이야기가 어떻게 문제 제기와 연결될 수 있는지 그 관련된 이유를 설명하는 부분이다. 마지막 논점 제시의 경우 글의 주제를 명확히 드러내는 것이다. 흥미 유발과 맥락 설명의 과정이 유연하게 연결되어야 좋은 서론을 구성할 수 있다. 이제 서론을 시작하는 네 가지 방법을 알아보자.

❶ 속담이나 격언을 인용하며 시작하는 방법

쓸데없이 근심과 걱정이 많은 사람들이 있다. 다른 사람들은 천하태평인데 혼자서 불안에 떨며 안절부절못하는 것이다. 기우(杞憂)는 이러한 이유 없는 걱정을 가리키는 고사성어이다. 옛날 중국 기나라에 "하늘이 무너지면 어디로 피해야 좋을까?" 하고 걱정하던 사람에게서 유래하였다. "하늘이 무너지다니!" 이렇게 황당한 생각이 있을까? 어떤 일이 있어도 하늘은 무너지지 않는다. 산과 하늘, 강은 언제나 원래 모습 그대로 변함이 없다. 자연(自然)은 '그냥 그대로 태연하게 있음'을 의미한다. 그리스어로 자연도 같은 의미를 가지고 있다. 그렇게 변함없는 자연 덕분에 우리는 동서남북을 가릴 수가 있고 시간을 헤아릴 수도 있다. 나는 움직이지만 산은 변함없이 자신의 자리를 지키고 있다. 고려 말의 길재도 "산천은 의구한데 인걸은 간데없다" 라고 읊지 않았던가. 나라가 망하면 억장이 무너질 수가 있다. 그렇지만 태산은 무너지지 않는다. 하늘은 더 말할 나위가 없다.

그러나 현대의 우리는 자연이 언제나 제자리를 지키고 있다고 믿지 않는다. 멀쩡하던 산을 다이너마이트로 폭파하고 그 자리에 아파트가 들어서고 있기 때문이다. 한두 해 떠나 있다가 고향에 돌아왔는데 앞산은 없고 빌라만 서 있을 수 있다. 산업혁명 이후로 자연이 점차 타연(他然)으로 바뀌기 시작했다. 자연의 반대는 인위 혹은 작위이다. 인위는 자기 능력을 믿고서 자연의 순리에 반해 밀어붙이는 행동을 말한다. 이 점에서 우리는 순리가 사라지고 인위와 역리(逆理)가 지구의 새로운 질서가 된 세상에 살고 있다. 우리는 산의 가슴을 파헤쳐서 석탄과 광석을 채취하고 산의 심장을 도려내서 터널을 만들었다. 그렇게 자연은 타인이 되었다.

몸문화연구소, 『인류세와 에코바디』, 필로소피, 2019. 20-21쪽.

위 예문은 '기우(杞憂)'의 어원을 설명하는 것으로 글을 시작하고 있다. 과거는 자연이 움직인다는 걱정이 황당한 생각이었다면, 현재는 움직이지 않는 자연이 존재하지 않는다고 생각한다. 인간에 의한 환경 파괴는 영원하다고 생각했던 자연(自然)을 타연(他然)으로 변환시켰다. 하늘이 무너진다는 쓸데없는 걱정은 인간에 의해 진짜 걱정으로 변모했다. 환경 오염이라는 현실의 문제점을 역설하는 이 글은 '기우'라는 어원의 변화 과정을 통해 주제 의식을 상징적으로 설명하고 있다. 이 글은 '기우'가 갖는 의미의 변화 과정에서 자연에 대한 인간의 패악이 존재한다는 점을 참신하게 보여준 글이다.

속담이나 격언을 서술할 때 유의할 점은 주제 의식과 인용구의 연관성이다. 아무리 재미있고 독자의 관심을 끄는 이야기라도, 주제와 상관없다면 서론의 역할을 다하지 못한다. 또한 너무 긴 인용구나 설명 역시 피해야 한다. 서론에서는 요점만 간단하게 서술해야 하며, 주제와 관련된 설명으로 짧게 강조하는 것이 필요하다.

❷ 인상적인 경험이나 일화로 시작하는 방법

수업 중에 '성선설', '성악설' 이야기가 나왔을 때였다. 6학년 어린이들은 아주 흥미롭다는 듯이 내 말에 귀를 기울였다. 양쪽 입장을 다 들은 뒤에 은빈이가 입장 발표를 하듯이 결연한 목소리로 말했다.

"제 생각에는 성악설이 맞는 것 같아요."

"왜?"

"이은지 태어났을 때부터 제가 봤잖아요. 걔는 아주 어렸을 때부터 저를 괴롭혔거든요."

은지는 은빈이의 세 살 터울 지는 동생이다. 에너지가 넘치고 장난을 좋아하는 은지는 오며 가며 나와 마주칠 때마다 소리 높여 인사하는 귀여운 어린이다. 하지만 은빈이는 은지 때문에 분통 터질 때가 많다. 뭘 하든 은지가 훼방을 놓는다는 것이다. 책을 읽을 때면 옆에서 시끄럽게 하고, 친구들이랑 놀 때도 끼워 달라고 조르기 일쑤란다. 은빈이 그림 위에 주스를 쏟거나 공책을 찢을 때도 있다. 실수로 그랬겠지, 하고 내가 슬쩍 은지 변호를 해 보지만 은빈이에게는 통하지 않는다. "동생도 크면 나아지겠지" 라는 말로 은빈이를 위로하기가 몇 년째인데, 은빈이에게 은지는 아직도 덜 큰 모양이다.

'성악설'에 마음이 기우는 어린이가 은빈이뿐일까. 동생에 대해 말해 보라고 하면 억울한 사연 없는 언니, 오빠, 누나, 형이 없을 것이다. 그래서인지 동화책이나 그림책 중에는 동생 때문에 속상한 아이를 달래는 이야기가 많다. 그런 작품들에서 동생은 사라졌으면 좋겠다고 하고 실제로 사라질 때도 있다. 그래도 결말에서는 동생이 '소중한 존재'라는 걸 확인한다. 이런 이야기들은 어쩌면 어른들이 언니, 오빠, 누나, 형의 입장을 헤아리고 있다는 신호를 보내는 건지도 모르겠다. 자신도 어린이인데 더 어린 동생을 받아들이고 이해해야 하는 언니들을 안쓰러워하는 마음도 담겨 있을 것이다.

김소영, 『어린이라는 세계』, 사계절, 2020. 104쪽.

위 예문은 수업 시간에 '성악설'과 '성선설'에 대해 토론하는 어린이들의 이야기로 글을 시작하고 있다. 맹자의 성선설과 순자의 성악설은 인간의 도덕성과 본성에 대한 철학적 사고이다. 그러나 이 무거운 주제는 동생을 미워하는 언니에 의해 위트있게 묘사된다. 미운 동생 때문에 인간의 본성이 성악설임을 깨달은 은빈이의 일화는 동생이 있는 언니, 오빠, 누나, 형의 고단함과 우애라는 주제를 한층 재미있게 해준다.

개인적 경험이나 일화를 서술할 때는 너무 개인적인 이야기보다는 보편적인 이야기로 확장 가능한 정도의 경험을 선택하는 것이 좋다. 개인의 경험이나 일화라고 해도 어디까지나 문제 제기를 위한 관심 끌기로서의 이야기라는 것을 잊지 말자. 그리고 신선한 이야기를 선택하여 독자의 흥미를 유발하는 것이 좋다. 경험 자체가 평범한 이야기라도, 그것을 해석하고 문제 제기하는 과정이 참신하다면 그것도 좋은 서론이다. 문제의식을 돋보일 수 있는 나의 경험을 생각해 보자.

❸ 정의로 시작하는 방법

우리나라 헌법 11조에는 "모든 국민은 법 앞에 평등하다. 누구든지 성별·종교 또는 사회적 신분에 의하여 정치적·경제적·사회적·문화적 생활의 모든 영역에 있어서 차별을 받지 아니한다." 라고 평등권이 명시되어 있다. 꼭 헌법이 아니더라도 우리는 적어도 법 앞에 모든 사람이 평등하다는 것을 의심하지 않으며, 인종 차별이나 성차별을 적어도 공공연하게 내세우는 사람은 찾기 어렵다. 그러나 왜 모든 인간은 평등하다는 평등의 원칙을 받아들여야 하는지 물어보면 대답하기가 쉽지 않다. 헌법학 교과서에서도 마찬가지로 그 대답을 찾기 어렵다. 평등이라는 원칙의 근거는 무엇일까?

당연해 보이는 평등의 원칙에 근거 제시가 필요한 까닭은 모든 인간이 평등하다는 것은 사실이 아닌 것처럼 보이기 때문이다. 우리 주변을 보면 키가 큰 사람도 있고 작은 사람도 있으며, 머리가 좋은 사람도 있고 나쁜 사람도 있다. 도덕감에서도 평등하지 않은데 어떤 사람은 어떤 경우에도 거짓말을 하지 않는 사람도 있는 반면에 아무 거리낌 없이 거짓말을 일삼는 사람들도 있다. 따라서 평등의 원칙을 지지할 만한 사실적 근거는 없는 것처럼 보인다.

최훈, 『동물윤리 대논쟁』, 사월의 책, 2019. 37-38쪽.

위 예문은 헌법 11조의 평등권에 대한 개념을 설명하면서 글을 시작하고 있다. 평등해 보이지 않는 인간에게 평등권이 보장되어야 하는 근거가 무엇인지, 물음으로 시작하는 이 글은 인종이나 성별, 지적 능력 등에 상관없이 인간은 기본적으로 평등해야 한다고 주장한다. 결과적으로 이와 같은 주장을 동물에게 확장·적용하고자 하는 것이 이 글의 문제의식이다. 인간 내에서 자행되는 차별과 동물로까지 확장되는 모순적 구조를 비판하는 이 글은 평등권의 정의를 통해 동물과 인간은 모두 평등하다는 논의의 전제를 명시하고 있다.

정의로 글을 시작하는 방법은 논리적 구조를 명확히 해주는 특징이 있다. 논의하고자 하는 대상이나 범주를 명확히 규명한다는 점에서 정의의 방법은 논리적 신뢰를 주는 데 효과적이다. 또한 논점에 대한 객관성도 부각시킨다. 주제와 관련된 사회적 용어나 설명이 필요한 경우 사용하면 좋은 서론의 방법이다.

④ 사회적 사건을 서술하며 시작하는 방법

2019년 8월 미국 텍사스에서 총기 난사 사건으로 22명이 사망했다. 용의자는 극우 커뮤니티 사이트에 이민자에 대한 증오심이 담긴 선언문을 올린 것으로 알려졌다. 당시 트럼프 대통령 등 몇몇 극우 정치인들의 이민자에 대한 부정적 언사가 영향을 미쳤다는 분석이 뒤따랐다. 미국만의 문제는 아니다. 인종, 종교, 동성애, 트랜스젠더, 여성 등에 대한 혐오 선동을 일삼는 극우정치인들이 세계 곳곳에서 등장하고 있다. 동유럽의 트럼프라 불리며 이주자, 난민, 성소수자에 대한 혐오 선동을 일삼던 정치인들이 체코와 헝가리에서 정권을 잡았고, 러시아, 콜롬비아, 이탈리아, 우크라이나, 그리스, 이라크, 일본, 필리핀 등에서도 정치지도자들의 혐오 선동이 계속되고 있다. 일촉즉발의 상황인 경우도 있고, 이미 다양한 형태의 폭력이 현재 진행형인 곳도 있다.

정치인들의 발언에 주목하는 것은 그 발언이 사회의 바로미터가 되기 때문이다. 2017년 배우 메릴 스트리프가 정확하게 지적했듯이, 정치인 등 공인의 발언은 "다른 사람들도 그렇게 해도 된다는 허가를 주는 것"이나 다름없다. 히틀러가 혐오 선동을 시작할 때, 600만명이 가스실에서 학살당할 것이라고 예상한 사람들은 거의 없었다. 하지만 지금은 정치인의 사소한 발언 하나하나가 어떤 파장을 불러일으키는지, 그 메커니즘과 비극적인 결과가 너무나도 잘 알려져 있다. 혐오 선동을 처벌하는 국가라 해도 처벌 가능한 혐오 선동의 범위는 좁은 편이다. 하지만 정치인의 발언에는 훨씬 더 엄격한 기준이 적용된다. 적극적인 선동은 말할 것도 없고, 혐오와 차별을 암시하는 발언이나 심지어 침묵에도 정치적 책임이 면제될 수 없다. 사소한 발언 하나도 엄청난 파장을 불러일으킬 수 있기 때문이다.

홍성수, 혐오를 선동하는 정치, <경향신문>, 2021.04.05.

위 예문은 2019년 미국 텍사스주 총기 난사 사건을 서술하며 글을 시작하고 있다. 사건의 핵심이 극우적 언동을 일삼는 몇몇 정치인에 있다는 점에서 이 글은 공인의 혐오 발언을 비판하고 있다. 미국 텍사스주 총기 난사 사건으로 시작하는 이 글은 정치인의 언행이 얼마나 많은 목숨을 희생시킬 수 있는지 경고한다. 실제 발생한 사회적 사건을 제시하여, 주제 의식의 엄중함을 역설하고 있다.

사회적 사건이나 시사적 사실을 서술하는 방법은 현재 발생하는 사회문제에 대한 심각성을 알리는 데 효과적이다. 또한 최근의 사건이라는 점에서, 독자의 관심과 흥미를 유발한다. 지금 대면한 문제의식을 드러낸다는 점에서 사회적 사건을 언급하며 시작하는 서론의 방법은 논의에 대한 사실성과 당위성을 강조할 수 있다.

(2) 본론

본론은 서론에서 제기한 문제 제기에 대한 대답으로 이루어진다. 본론의 형식은 주장과 근거로 구성된다. 주제를 설명할 만한 핵심 주장들을 제시해야 하며, 이에 알맞은 근거를 반드시 서술해야 한다. 구체적인 자료와 의견을 통해 근거를 서술해야 한다. 주장과 근거는 긴밀히 연결되어야 하며, 근거의 내용이 명확하고 적절한지 개요 단계에서 검토 후 서술해야 한다. 논의의 전반적인 과정은 모두 본론에 서술되어야 한다.

본론을 구성하는 방식은 크게 나열형, 문제해결형, 반론형으로 나뉜다. 이들은 각각의 특징과 요건을 갖고 있다. 주제를 효과적으로 전달할 수 있는 방법을 생각하면서 본론의 전개 방식을 선택하면 된다. 글의 구성적 측면을 고려하여 여러 예문의 특징을 알아보자.

❶ 나열형 본론

나열형 본론은 주장을 제시하고 이에 대한 근거나 결과, 현상들을 나열하며 타당성을 입증하는 구성 방식을 의미한다. 나열형 본론의 구성은 문제 해결의 방안, 원인 등을 나열하거나, 주제에 대한 현상들을 나열하는 것이다. 나열형은 구성이 명료하다는 특징이 있다.

단 한 곳의 매체도 보도하지 않은 추경안의 진실

감시받지 않는 권력은 부패한다. 국회와 언론의 존재 목적은 권력 감시다. 다시 말해 국회와 언론이 권력 감시를 제대로 하지 못하면 존재 이유가 상실된다.

지난 7월24일 제2차 추경안이 국회를 통과했다. 드디어 우리나라 총지출 규모가 600조원이 넘어섰다. 그런데 국회 심의 과정에서 어떤 일이 벌어졌는지 설명하는 국회의원도 한 명이 없고 제대로 보도하는 언론은 단 하나도 없다. 이번 추경안 국회 심의 내역 중, 언론에서 전혀 보도되고 있지 않은 사안을 나열하고자 한다.

첫째, 전체 국회 감액 규모가 얼마인지 언론에서 볼 수 없다. 올해 2차 추경안이 국회를 통과하면서 2.6조원이 증액되고 2.4조원이 감액되었다. 그러나 총지출 기준 국회 감액 액수가 2.4조원이라는 사실을 단 하나의 언론에서도 찾아볼 수 없다. 정부가 국회에 제출한 정부안은 총지출 기준 31.8조원이다. 국회 심의 과정에서 발생한 증감액 차액인 0.2조원 만큼 우리나라 재정 규모가 증가하여 총지출 기준 32조원이 늘었다. 그런데 국회 심의과정에서 얼마나 감액되었는지가 총지출 기준으로 제시된 언론이 단 하나도 존재하지 않는 것은 안타까운 일이다.

둘째, 가장 많이 감액된 사업이 무엇인지조차 언론에서 찾아볼 수 없다. 국회 감액 규모 총 2.4조원 중, 가장 많이 감액된 사업은 '소상공인 버팀목자금(플러스)'사업이다. 정부는 1.1조원 감액안을 국회에 제출했는데 국회에서 추가로 0.9조원을 감액하여 총 2조원이 감액되었다. 그런데 소상공인 버팀목자금(플러스) 사업은 지난 4월 1차 추경에서 3.5조원이 증액된 사업이다. 불과 4개월 만에 2조원이 삭감되었는데 삭감된 이유는 물론 삭감된 사실조차 언론에서 찾을 수 없다. 매우 안타까운 일이다.

셋째, 가장 많은 사업이 삭감된 부처는 방위사업청이다. 그런데 방사청 사업이 추경에서 삭감되었다는 사실 자체도 단 하나의 언론에서 찾아볼 수 없다. 이번 추경에서 발생한 방사청 사업 삭감은 대단히 기묘하다. 국회 삭감 사업 총 42개 중, 절반 이상인 22개 사업 삭감이 방사청에서 발생했다. 그런데 놀랍게도 정부는 국회에 방사청 사업 감액안을 제출한 적도 없다. 정부가 감액안을 제출하지도 않았으니 국회 심의과정도 존재하지 않는다. 방사청 사업 감액을 심의했어야 할 국회 국방위 예비심사는 소집조차 되지 않았고, 예결위에서도 논의조차 되지 않았다.

예를 들어 방사청 사업인 '피아식별장비 성능개량' 사업이 국회에서 1천억원이 감액되고 F35 구매사업도 국회에서 920억원이 감액되었다. 도대체 왜 피아식별장비 성능개량 사업이 감액되었는지 아무도 알지 못한 채 벌어진 일이다. 실제 사업 규모를 감액하여 사업 규모를 줄인 것이라고는 상상할 수도 없는 일이다. 국회가 정한 사업 규모를 국민의 대표인 국회의 논의 과정 없이 사업 규모를 줄인다는 것은 있을 수 없는 일이다.

그런데 국회의 논의 과정 없이 국회 본회의 의결만이 존재한다. 국방위 예비심사도, 예결위 본심사에도 존재하지 않는 방사청 감액 사업 42개가 왜 국회의 본회의에서 통과되었을까? 이를 묻는 언론까지 바라지도 않는다. 방사청 사업이 삭감되었다는 사실 자체만이라도 보도하는 언론이 단 하나도 없다는 사실은 극도로 안타까운 일이다.

　근대와 전근대를 나누는 기준이 무엇일까? 국민이 어떻게 얼마나 세금을 내고 그것을 어디에 얼마나 쓰는지를 명백히 공개하고 논의하는 것 아닐까? 일단 논의를 하고자 한다면, 현황 파악이 선행되어야 하는 것은 물론이다. 현황 자체도 파악이 되지 않으면 제대로 된 논의는 원천적으로 불가하다.

　물론, 일차적인 책임은 기획재정부고, 이차적인 책임은 국회다. 언론은 3차 책임에 그칠 수도 있다. 기획재정부는 국회에 방사청 예산 삭감안을 공식적으로는 제출조차 하지 않고 밀실 여야 합의 공간에서만 제공했다. 만일 국회 논의 과정에서 추가 삭감안이 필요했다면 수정 예산안을 제공하는 것이 원칙이다.

　또한, 기재부 보도자료에는 총지출 기준 국회 삭감 규모조차 정확히 명시하지도 않았다. 그러나 이는 국회가 바로잡아야 할 일이다. 국회는 기재부가 비공식적으로 제출한 방사청 사업 감액을 국방위나 예결위에서 공식적으로 논의하고 기록에 남겨놨어야 한다. 그러나 정부와 국회가 제대로 일을 처리하지 못하면 언론은 이를 지적하고 비판했어야 한다. 기재부의 보도자료만으로 기사를 쓰면 이러한 진실을 파악할 수는 없다.

　그런데 감시받지 않는 권력은 부패하는 것은 권력의 속성이다. 자신의 치부를 투명하게 밝히고 싶어 하는 권력은 존재하지 않는다. 결국, 기획재정부가 투명하게 일을 하지 않는 책임은 국회가 져야 한다. 그리고 국회가 권력을 제대로 감시하지 못하는 책임은 언론이 져야 한다. 그렇다면 언론은 3차 책임이 아니라 가장 근본적인 문제일 수도 있지 않을까?

이상민, <미디어오늘>, 2021.7.27.

　위 예문은 2차 추경안이 국회를 통과하던 날, 언론에서 보도하지 않은 세 가지의 내용을 통해 기획재정부와 국회, 언론의 무책임을 비판하고 있다. 이 글은 보도하지 않은 문제 세 가지 즉, 감액 규모, 감액 사업, 삭감된 부처에 대한 관련 논의를 나열하면서 추경안의 문제점을 비판하고 있다. 언론의 책임감에 대해 역설力說한 위의 글은 나열식 구성을 통해 보도되지 않은 추경안의 내용과 책임 소재 등을 논리적으로 서술하고 있다.

나열형 본론 구성 방식을 서술할 때는 본론의 층위를 잘 살펴보아야 한다. 본론의 주장을 나열할 때, 구성의 상위항목과 하위항목의 관계가 잘 맞는지 알아보아야 한다. 또한 각 항목의 내용 역시 중복되지 않는지 유의하며 집필해야 한다. 나열의 구성이 단순하다면 세부 변주를 통해 구성의 반복을 탈피하는 것도 좋다.

❷ 문제해결형 본론

문제해결형 본론은 사회적 현상이 갖는 문제를 논의하고 이에 대해 해결책을 제시하는 구성방식을 의미한다. 따라서 문제해결형 본론은 현상, 원인, 해결책으로 구성되어야 한다. 현상에서는 문제 제기하는 대상의 논점을 제안하는 것이다. 원인 부분은 앞서 제시한 현상이 발생하게 된 이유나 문제가 되는 사유 등을 서술하는 것이다. 해결책 부분은 앞에 제기된 문제 요인이 소거되는 방향을 정리하는 것이다. 문제의 원인과 해결책의 연관관계가 명확하고, 이에 대한 근거를 제시할 수 있다면 독자를 설득하는 성실한 글쓰기를 완성할 수 있을 것이다.

지리로 풀어보는 우리나라 경제와 산업구조

일이나 공부에 지칠 때면 일상에서 벗어나 다양한 분야를 경험하는 잠시의 일탈을 상상한다. 흔히 경제활동 이외의 시간을 '여가'라고 한다. 여행을 비롯해 스포츠, 등산, 독서 등 휴식을 겸한 다양한 취미활동이 모두 여가에 해당한다. 서울대학교 행복연구센터 최인철 교수는 그중에서도 여행이야말로 '행복의 뷔페'라고 말한다. 먹기, 걷기, 운동, 대화보다도 큰 행복감을 여행이 우리에게 선물하기 때문이다.

과거에 비해 노동시간이 단축되고 소득이 증가하면서 여가 활동으로 텔레비전 시청 같은 단순한 활동보다 기존의 생활권을 벗어나 다른 지역으로 떠나는 여행이 증가했다. 여행(旅行)이 떠난다는 사실에 방점이 찍혀 있다면, 관광(觀光)은 여행하며 무언가를 구경한다는 목적에 방점이 찍혀 있다. 일상에서 두 용어를 엄밀히 구별해서 사용하는 경우는 극히 드물기 때문에 여기서도 적절히 혼용하여 부르겠다. …

렌선 콘텐츠가 유행이라지만, 물리적 이동을 완전히 빼고서 여행을 말할 수는 없다. 다른 지역으로의 이동은 여행의 전제 조건이기 때문이다. 이에 따라 관광산업의 성장은 도로, 철도, 항공 등 사회간접자본의 확충과 관광객을 돕는 다양한 서비스업의 확대를 이끌어 낸다. 여권과 비자 발급, 항공권과 숙소 예약, 일정 계획을 혼자서 처리하기에는 시간과 비용이 많이 든다. 때문에 바쁜 현대 관광객의 편의를 위해 재화나 서비스를 제공하는 산업이 발달하게 된다. 이것이 통상 이야기하는 관광산업이다.

　관광산업을 두고 '굴뚝 없는 공장'이라고 표현하기도 한다. 다른 공장 기반의 산업처럼 나라 경제를 견인하는 기간산업 역할도 하기 때문이다. 세계경제포럼(WEF)에 따르면 2019년 전 세계에서 관광산업 경쟁력이 가장 높은 나라는 스페인과 프랑스였다. 두 나라의 국내총생산에서 관광산업이 차지하는 비중은 각각 14.6퍼센트와 9.6퍼센트였는데, 같은 해 한국의 경우 관광산업의 국내총생산 기여도는 2.8퍼센트에 불과했다. 두 나라는 훌륭한 자연환경과 기후, 유서 깊은 역사와 풍성한 문화적 배경, 입맛 돋우는 음식, 편안한 관광 기반 시설로 자국 인구보다 더 많은 관광객을 해마다 유치하며 굴뚝 없는 공장을 제대로 가동하고 있다. …

　우리나라는 2001년부터 20년째 관광수지 적자를 이어오고 있다. 한국을 방문하는 외국인 관광객보다 해외를 방문하는 한국인 관광객이 훨씬 많은 상황이 관광수지 적자의 주요 원인으로 꼽힌다. 한국관광공사에 따르면 2019년 해외 출국자는 2,870만명, 국내 입국자는 1,750만 명으로 큰 차이를 보인다. 관광수지 적자가 최고치를 갱신한 2017년에는 관광수지 적자액이 14조 원에 육박했다. 오죽하면 수출로 번 돈을 해외 관광으로 다 까먹는다는 소리가 나올까.

　앞서 언급한 세계경제포럼 발표에 따르면 우리나라 관광산업의 경쟁력은 조사 대상국 가운데 16위로 2017년보다 세 단계 오른 것으로 나타났다. 관광산업 경쟁력은 환경 조성, 관광 정책, 인프라, 자연·문화 자원의 네 가지 영역으로 나누어 평가하는데, 환경지속가능성(63위 → 27위)이나 관광서비스 인프라(50위 → 23위) 부분에서 커다란 진전을 이룬 것이 순위 상승에 주효했다.

　상승하는 관광산업의 경쟁력에도 불구하고, 같은 해 우리나라 국내총생산에서 관광산업이 차지하는 비중은 2.8퍼센트에 불과했다. 이는 한국을 방문하는 외국인 관광객이 특정 지역에서 짧게 머무르는 데에서 기인한다. 한국관광공사에 따르면 2019년 한국을 방문한 일본인 관광객(72.7%)과 중국인 관광객(74.7%) 방문지는 서울에 집중되어 있다. 전체 외국인 관광객의 여행만족도는 직전 연도보다 높아졌지만, 체류기간(2018년 7.2일 → 2019년 6.7일)과 지출경비(2018년 1,342.4달러 → 2019년 1,239.2달러)는 모두 줄어들었다.

　코로나19 이후 관광산업이 진일보하려면 서울 이외의 지역으로 외국인 관광객을 유인할 관광 상품이 필요하다. 이때 한반도만의 독특한 기후와 다양한 자연환경이 좋은 자원이 될 수 있다. 봄에는 다양한 꽃의 향연이 펼쳐지고, 삼면이 바다라 여름에는 어디서든 해수욕을 즐기기에 제격이다. 가을에는 기암절벽과 단풍을, 겨울에는 눈과 스키를 즐길 수 있다. 한반도는 전 세계에서 산림녹화가 잘된 지역으로 꼽힌다. 서울 이외 지역으로 관광객을 이끌기에 이만한 상품이 또 있을까.

　훌륭한 자연환경에 오천 년 유구한 문화유산 역시 각 지역의 볼거리를 더한다. 우리나라 곳곳에 자리 잡은 사찰과 서원은 다른 나라에서는 좀처럼 만나기 어려운 풍경을 선사한다. 다른 나라는 종교시설이 대부분 도시 한복판에 위치한다. 반면 우리나라의 사찰과 서원은 고즈넉한 자연환경과 어우러져 편안한 풍경과 치유의 시간을 제공한다. 다양하고 독특한 한식도 빼놓을 수 없다. 우리가 자랑하는 김치와 다양한 양념장은 지역마다 고유의 특색을 살려 보는 맛과 먹는 맛을 모두 사로잡는다. 김치, 양념장, 전통주 담그기 체험은 한국에서만 경험할 수 있는 매력 요소라 할 수 있다.

우리나라에는 지역별 축제도 참 많다. 다만, 일제강점기와 산업화를 거치면서 다양성은 사라지고 먹거리와 무슨 아가씨 선발 대회 등으로 천편일률적인 측면이 없지 않아 안타깝다. 그럼에도 강릉 단오제, 보령 머드축제, 강진 청자축제처럼 지역 특색을 살린 축제들이 지금도 여전히 성황리에 개최되고 있어 위안으로 삼을 수 있다. 최근 문화체육관광부는 국내 각 지역의 매력을 효과적으로 소개하기 위해 서울을 제외한 39개 지역을 10개의 테마로 묶어 '대한민국 테마여행 10선'을 선보였다. 이러한 시도가 꾸준히 쌓인다면 우리나라 관광수지를 개선할 기회가 생기지 않을까?

전국지리교사모임, 『지리의 쓸모』, 한빛라이프, 2021, 215-226쪽.

위 예문은 한국의 관광수지 적자에 대한 사회 현상을 중심으로 원인과 해결책을 제시한 글이다. 세계경제포럼 발표에 의하면 한국은 관광산업 경쟁력이 상승했음에도 불구하고, 2001년부터 20년째 관광수지 적자를 유지하고 있다는 문제를 지적하고 있다. 그 이유는 관광객들의 짧은 체류 기간 때문이다. 이와 같은 원인은 관광객의 지출경비 감소라는 현상으로 이어진다. 따라서 관광객이 좀 더 오래 체류할 수 있는 방안으로 지역 관광 상품 개발을 제시하고 있다. 다양한 볼거리가 존재하는 특색있는 지역 관광 상품은 자연환경, 문화유산, 지역축제 등 다양한 방면으로 그 가능성이 존재한다. 이 글은 관광수지 추이, 한국관광공사 자료 등을 통해 구체적으로 문제를 제기하고 이에 원인을 규명하여, 독자를 설득하고 있다. 적자에 머문 한국 관광 산업이 다양한 문화 상품 개발을 통해 고부가가치를 창출할 수 있다는 이 글은 해결책을 제시하는 문제해결형 글이다.

문제해결형 본론 구성 방식을 서술할 때는 현상과 원인, 해결책이 구체적으로 연결되어야 한다. 근거를 토대로 현상의 문제 지점을 논평하고, 원인을 규명하는 것이 가장 중요하다. 해결책 역시 교육, 사회운동, 세금 확충, 의식 개혁과 같은 일반적인 서술보다는 원인을 없앨 수 있는 구체적인 방안을 제시하는 것이 좋다.

❸ 반론형 본론

반론형 본론은 기존의 주장을 반박하며 타당성을 입증하는 구성 방식을 의미한다. 반론형 본론은 기존 논의에 이의를 제기하는 일련의 과정을 명시해야 하는 논증 방식이다. 반론형 본론의 특징은 기존 논의의 문제점이 무엇인지 구체적으로 서술해야 한다. 그리고 기존 입장을 반대하는 과정에는 반드시 근거가 필요하다. 기존 논의에 대한 반론을 통해 나의 주장을 드러내는 본론 구성 방식이라는 점에서 비판하고자 하는 대상과 나의 의견을 명확히 대비시켜야 한다.

능력 지표 따내기

불평등한 사회에서 꼭대기에 오른 사람들은 자신들의 성공이 도덕적으로 정당하다고 믿고 싶어 한다. 능력주의가 원칙이 되는 사회에서는 승리자가 '나는 나 스스로의 재능과 노력으로 여기에 섰다'고 믿을 수 있어야 한다.

역설적으로, 이것이 바로 입시 부정 학부모들이 자녀에게 선물하려던 것이었다. 그들이 단지 자녀에게 부를 물려줄 마음뿐이었다면 신탁기금 등을 포함한 재물을 주면 그만이었을 것이다. 그러나 그들은 뭔가 다른 것을 원했다. 명문대 간판이 줄 수 있는 '능력의 지표' 말이다.

싱어는 정문으로 들어가는 일이 "여러분 스스로 해내는 것"이라고 설명하면서 이 점을 파악하고 있었다. 그의 입시 부정 계획은 차선책이었다. 물론 SAT 점수 조작이나 가짜 특기생 자격증 등을 '스스로 해내는 것'이라고 볼 수 없다. 그래서 대부분의 부모들이 자신들의 부정 행위를 자녀에게 비밀로 했던 것이다. 옆문으로 대학에 들어가는 일은 그런 부정행위가 은폐될 때만 정문 입장과 동급의 능력주의적 영예를 얻는다. "우리 부모님이 요트부 감독에게 돈을 찔러줬어. 덕분에 난 스탠포드에 들어왔지." 누구도 이렇게 말하며 긍지를 느끼지는 않을 테니 말이다.

능력주의적 대입이 갖는 특질은 뚜렷해 보인다. 정당한 스펙으로 입학한 사람은 자신의 성취에 자부심을 가질 것이며, 이것은 자기 스스로 해낸 결과라 여길 것이다. 그러나

사실은 이 역시 문제가 있다. 그러한 입학이 헌신과 노력을 나타내기는 하지만, 정말로 오직 '자기 스스로' 해낸 결과라고 볼 수 있을까? 타고난 재능과 자질은 그들이 오직 노력으로만 성공하도록 했을까? 우연히 얻은 재능을 계발하고 보상해줄 수 있는 사회에 태어난 행운은?

노력과 재능의 힘으로 능력 경쟁에서 앞서 가는 사람은 그 경쟁의 그림자에 가려 있는 요소들 덕을 보고 있다. 능력주의가 고조될수록 우리는 그런 요소들을 더더욱 못 보게 된다. 부정이나 뇌물, 부자들만의 특권 따위가 없는 공정한 능력주의 사회라 할지라도 '우리는 우리 스스로 이런 결과를 해냈다'는 잘못된 인상을 심어준다. 명문대 입학을 위해 요구되는 여러 해 동안의 노력 역시 그들이 '나의 성공은 내 스스로 해낸 것'이라는 인식을 강하게 심어준다. 그리고 만약 입시에 실패하면 그건 '누구의 잘못도 아닌 자기 자신의 잘못'이라는 인식도 심어주게 된다.

이는 청소년들에게 지나친 부담이다. 시민적 감수성에도 유해하다. 우리가 스스로를 자수성가한 사람 또는 자기충족적인 사람으로 볼수록 감사와 겸손을 배우기가 어려워진다. 그리고 그런 감성이 없다면 공동선에 대한 배려도 힘들어지게 된다.

대학 입시가 능력주의의 유일한 문제는 아니다. '누가 여기에 맞는 능력을 갖췄는가?' 표면적으로 이 논쟁은 공정성 논쟁인 듯 보인다. '탐나는 물건이나 사회적 지위를 놓고 경쟁할 때, 모두가 정말로 공평한 기회를 갖고 있는가?'

그러나 능력주의에 대한 우리 사회의 의견 불일치는 공정성에 그치지 않는다. 우리가 성공과 실패 또는 승리와 패배를 어떻게 정의하는가도, 그리고 자신보다 덜 성공한 사람들에 대해 승리자가 어떤 태도를 취해야 하는가도 문제다. 이러한 문제들은 대체로 외면받고 있으며, 우리는 발등에 불이 떨어지기 전까지는 그 문제를 다루지 않으려 한다.

오늘날 양극화된 정치 환경을 넘어 길을 찾으려면 능력주의의 장단점을 따져볼 필요가 있다. 능력주의의 의미는 지난 수십 년 동안 어떻게 달라졌는가? 직업의 귀천 없음을 무너뜨리고, 많은 이들이 엘리트는 교만하다고 여기게끔 달라지지 않았던가? 세계화의 승리자들이 자신들은 '얻을 만한 걸 얻었을 뿐'이라고 스스로를 정당화하도록 그리고 '능력주의적 오만'에 빠지도록 바뀌지 않았던가?

엘리트층에 대한 분노가 민주주의를 위험 수준까지 밀어내게 될 때, 능력에 대한 의문은 특별히 중대해진다. 우리는 우리의 갈등 지향적 정치에 필요한 해답이, 과연 능력의 원칙을 더 믿고 따르는 것인가 아니면 계층을 나누고 경쟁시키는 일을 넘어 공동선을 찾는 것인가에 대해 자문해 봐야 할 것이다.

마이클 샌델, 『공정하다는 착각』, 미래엔, 2020, 36-38쪽.

위 예문은 입시 제도로 대변되는 능력의 지표가 공정한지 반론을 제기하는 글이다. 능력주의가 원칙이 되는 사회에서 성공에 필요한 재능과 노력은 감사와 겸손이 없는 오만한 승자를 만든다. 이들의 재능과 노력을 지탱해준 부수적 환경은 누락된 채, 입시로 대변되는 능력주의가 공정의 대명사가 된 것을 비판하는 글이다. 이글은 공정성이라는 입시 제도에서 나아가 승자와 패자의 개념, 승리자의 태도 등 능력주의가 안고 있는 다양한 저변의 문제로 논의를 확장하고 있다. 능력주의에 반론을 제기한 이 글은 시민적 감수성과 공동선이라는 대안을 제시하며, 공정성의 개념에 새로운 의미를 생각하게 한다.

반론형 본론 구성 방식을 서술할 때는 반론의 대상이 구체적이고 명확해야 한다. 반론형 본론 구성은 다양한 방식으로 집필이 가능하다. 첫 번째로 나의 주장을 명시한 후, 예상되는 반론을 설명하는 경우가 있다. 이와 같은 반론형은 나의 주장을 부각하기 좋은 구성이다. 두 번째 기존 논의의 문제점을 제시한 후 반론을 통해 나의 주장을 서술하는 경우이다. 이와 같은 반론형은 기존 논의의 모순점을 강조하고 반박의 과정에 주안점을 두는 구성 방식이다. 주제 의식이나 강조점에 따라 논의 구성 과정을 선택한다면 좋은 반론형 본론을 서술할 수 있을 것이다.

(3) 결론

결론은 글을 마무리하는 곳이다. 서론에서 제기한 문제 제기의 답을 갈무리하는 곳이 결론의 역할이다. 서론에서는 주제 의식을 표명하고, 본론에서는 문제의식의 논증 과정을 모두 보여주며, 결론에서는 요약을 통해 논의를 정리한다. 결론의 구성은 요약과 확장으로 구분된다. 우선 본론의 내용을 요약·정리하여 논의 과정을 정리해야 한다. 이후 확장의 맥락에서 문제에 대한 성과, 한계점, 전망, 해결책 등을 서술한다. 결론은 본론의 내용을 정리한다는 점에서 과거형의 문장으로 서술해야 하며, 마무리 단계라는 점에서 너무 길게 서술하는 것은 피하자.

치매 노인 복지 정책 중 부양부담 경감의 중요성 및 필요성을 고찰하였다. 노인 빈곤이 증가하는 이 시기에 복지시설, 간병 시스템 등 많은 문제가 산재하였으나 그 중 노인 부양에 대한 부담이 가장 큰 문제임을 논의하였다. 기존의 간병 시스템과의 긴밀한 연관관계에 대한 논의는 다음을 기약하고자 한다. 현재 부양 부담 경감의 방향성의 초점이 치매 노인 복지 정책의 핵심이 되어야 하기 때문이다.	요약
OECD 국가 중 인구 고령화가 가장 빠르게 증가하고 있으며, 이 추세는 2025년 전체 인구에 20.3%를 노인인구가 차지하는 초고령사회에 도달할 것을 의미한다. 이미 초고령사회에 진입한 이상 부양 부담에 대한 다양한 논의는 진행되어야 한다. 이는 노인이 살아가야 할 미래에 대한 다양한 보장과 권리의 초석을 마련할 것이다.	확장

위의 예문은 결론에 해당되며, 글의 구성은 요약과 확장으로 나뉜다. 결론은 본론의 내용을 요약·정리하는 역할이기 때문에 짧고 명확히 서술해야 하며, 결론만 읽어도 논의의 과정을 알 수 있게끔 집필해야 한다. 위 예문은 논의의 한계점과 필요성을 중심으로 글을 마무리하고 있다.

> 플라스틱 공해는 플라스틱의 사용량을 줄이고 버려지는 플라스틱을 철저히 관리하면 어렵지만 조금씩 해결해 갈 수 있다. 제조량에 비례하여 플라스틱 폐기물을 의무적으로 유상 수거하는 방안을 생각해 볼 수 있다. 자본주의 사회에서 자발적 문제 해결의 원동력은 돈과 부가가치이다. 소비자는 돈이 되는 플라스틱 쓰레기를 함부로 버리지 않고 제조회사들은 수거된 플라스틱의 처리 방법을 연구하게 될 것이다. 그 과정에서 플라스틱 가격이 조금 상승하면 지나치게 값이 싸서 쓰이지 않는 곳이 없는 플라스틱의 사용량이 줄어드는 일석이조의 효과를 거둘 수 있을 것 같다.
>
> 정진배, 『알고나면 심각해지는 생활속의 과학』, 좋은땅, 2021, 33쪽.

결론에서 문제에 대한 해결 방법을 제시할 때 본론과 같이 근거를 제시할 필요는 없다. 단순히 '~ 교육이 필요하다.' '세금 확충이 시급하다'와 같은 미래지향적인 해결 방안이면 족하다. 위 예문에서도 플라스틱 공해를 해결할 수 있는 추상적인 방안들이 나열되어 있다. 폐기물을 수거하고 처리하는 과정에 대한 구체적인 근거는 제시하지 않는다. 글을 마무리하고 전망하는 차원의 해결 방법이다. 다양한 결론의 마무리를 생각해 보자.

| 퇴고

군더더기 없애는 법

긴 글보다는 짧은 글쓰기가 어렵다. 짧은 글을 쓰려면 정보와 논리를 압축하는 법을 알아야 하기 때문이다. 가장 중요한 압축 기술은 두 가지다.

첫째, 문장을 되도록 짧고 간단하게 쓴다.
둘째, 군더더기를 없앤다.

문장을 짧게 쓰려면 복문을 피하고 단문을 써야 한다. 여기서 복문은 주술 관계가 둘 이상 있는 모든 형태의 문장이다. 복수의 문장을 대등하게 연결하는 '중문(重文)', 한 문장이 다른 문장의 성분이 되는 '좁은 의미의 복문', 중문과 복문을 모두 가진 '혼성문(混成文)'을 한데 묶어 복문이라고 하자. 글을 압축하려면 단문을 기본으로 하고 특별한 경우에 복문을 쓴다는 원칙을 견지해야 한다. 뜻과 느낌을 강하고 확실하고 깊게 전하려면 복문을 써야 한다는 판단이 들 때만 복문을 쓰는 것이다. 간단한 원칙이지만 해보면 금방 효과를 느낄 수 있을 것이다.

다음은 군더더기를 없애는 것이다. 문장의 군더더기란 무엇이며 군더더기인지 아닌지 어떻게 알 수 있을까? 간단하다. 없애버려도 뜻을 전하는 데 큰 지장이 없으면 군더더기다. 문장의 군더더기는 크게 세 가지다. 첫째는 접속사, 둘째는 형용사와 부사, 셋째는 여러 단어로 이루어져 있지만 형용사나 부사와 비슷한 역할을 하는 문장 요소다.

굳이 없어도 좋은 접속사는 과감하게 삭제해야 한다. 단문으로 글을 이어나갈 때 문장 사이에 매번 '그러나' '그리고' '그러므로' '그런데' '그렇지만' 같은 접속사를 넣는 것은 나쁜 습관이다. 문장은 뜻을 담고 있다. 그 뜻이 자연스럽게 이어지면 접속사가 없어도 된다. 단문을 기본으로 쓰고 불필요한 접속사를 생략하기만 해도 글을 조금은 압축할 수 있다.

유시민, 『유시민의 글쓰기 특강』, 생각의 길, 2015, 236-237쪽.

처음부터 좋은 글은 없다. 적어도 서너 번 이상 초고를 다시 읽으면서 글을 수정하고 보완하는 데 노력을 기울여야 한다. 글쓰기가 일종의 의사소통 작업이라는 점에서 독자가 이해할 수 있는 문장과 구성을 갖추어야 한다. 필수조건은 아니지만, 전체적으로 짜임새 있는 글의 논리적 구성은 퇴고 단계보다 개요 단계에서 수정하는 것이 좋다. 퇴고 단계에서는 논리적 구성이 완성된 후 문장과 문단의 세부적 흐름을 다듬는 과정이 필요하다. 왜냐하면 초고를 읽으면서 글의 구성을 정확히 파악하는 것은 어려운 일이기 때문이다. 오히려 항목화되어 있는 개요 단계는 한눈에 글의 논리적 구성과 글감의 관계, 주제 등이 명시되기에 수정이 용이하다. 따라서 퇴고의 단계에서는 문장, 문단 간의 긴밀함, 문단의 구성 등을 점검하는 것이 좋다.

글쓰기의 목적이 독자를 설득하는 것이기에 명확하고 잘 읽히는지 문장과 그 흐름을 점검해야 한다. 위의 예문에서처럼 군더더기를 없애는 방법은 퇴고의 핵심적 요건이다. 즉, 문장을 짧고 간단하게 쓰는 것, 군더더기를 없애는 것이다. '빈말'을 없애고, 단어나 문장을 두세 번 설명하면서 중언부언하지 말자. 확장의 어려움은 누구에게나 존재한다. 군더더기 없는 문장을 지향하는 것은 글을 쓰는 가장 기본적인 자세다. 처음부터 완벽한 문장을 구사할 수는 없지만, 짧게 쓰고, 군더더기를 없애려는 퇴고의 과정을 통해 가독성이 높은 글을 집필할 수 있다. 우리는 독자와 의견을 나누고 감동을 선사하기 위해 반복적으로 글을 다듬어야 한다.

더 알아보기

퇴고 시 점검 사항

1. 어휘의 선택이 적절한가?
2. 문장의 비문이 없는가?
3. 문장의 군더더기는 없는가?
4. 한 문장이 완결되게 표현되었는가?
5. 한 단락이 완결되게 서술되었는가?
6. 한 단락은 구성이 긴밀한가?

7. 단락 간의 관계에서 자연스럽게 주제가 구현되는가?

8. 출처를 명확히 서술하였는가?

9. 각주의 인용 범위가 명시되었는가?

10. 제목이 주제를 잘 반영하는가?

◆ 학습활동 ◆

다음 글을 퇴고해 보시오.

수정 전	수정 후
생태주의 관련 문화나 문학론은 인간과 자연의 관계를 중심으로 논의되어 왔다. 환경과 관련된 사회적 이슈나 환경문제를 제기하는 생태시 개념이 등장하면서 생태문화, 환경문학, 생태문학이 생겨나기 시작했으며, 이후 인간중심주의, 성장주의와 같은 지배질서와 억압에 대한 위기를 논의하는 것 역시 생태주의의 범주로 편입·확장되었다. 근대적 문물이 유입되면서 자연은 관리의 대상이 되었다. 인간이 문명과 이성을 상징하면서 자연은 야만 세계로 그려졌으며 이와 같은 맥락에서 식민지 시기 잡지와 신문에 등장하는 농촌문화의 특징 역시 '자연적인 것'으로 형상화되었다. 이들이 그린 '자연'은 '향토' '토속'으로 상징화되는 조선의 농촌 담론이었으며, 부재하는 고향을 그리워하는 노스탤지어의 낭만이었다. 따라서 식민지 시기 농촌 지역을 드러내는 자연 인식 과정은 인간중심주의에서 본 생태의식이라 하겠다. 1933년 「산골나그네」로 등단한 김유정은 「동백꽃」, 「만무방」, 「따라지」 등 4년의 작품 활동을 통해 31편의 소설과 12편의 수필을 포함	

50여 편의 글을 남겼다. 김유정은 도시의 근대적 변화를 묘사하거나 식민지 농촌을 배경으로 소외된 자들에 대한 해학과 풍자적 묘사를 통해 궁핍한 현실 인식을 보여준 작가이다. 특히 지방적 소재와 농촌 묘사, 토속적 어휘 등을 통해 소설에 자연스럽게 지방색을 드러냈다는 점에서 향토문학이라고 평가되어 왔지만, 생태의식의 측면에서 볼 때, 새로운 의미들을 만들 수 있다.

글쓰기와 독서의 방법

1) 독서의 방법

독서의 방법은 크게 분석적 읽기와 비판적 읽기 그리고 창의적 읽기가 있다. 독서를 하다 보면 '나'의 생각과 이질적인 지점들을 만나게 된다. '나는 이렇게 생각하지 않는데…….' 글을 읽게 되면서 만나게 되는 이러한 의문은 대단히 소중한 것이다. 왜냐하면 이것은 '나'가 능동적 독서를 하고 있다는 증거가 되며 동시에 이 생각을 잘 정리하면 새로운 '나'만의 창의적 사유를 시작할 수 있기 때문이다. 이것이 비판적 읽기의 과정이다. 한편, 창의적 읽기는 맥락을 바꿔 사유하는 행위이다. 독서란 텍스트라는 맥락과 독자라는 맥락이 상호 접속하는 과정이다. 맥락의 접속이 이루어진다는 것은 그 속에서 새로운 의미 생성이 가능하다는 이야기다. 독서의 과정 중 기본이 되는 것이 분석적 읽기다. 따라서 분석적 읽기, 비판적 읽기, 창의적 읽기는 독립된 개념이라기보다 상호 연계된 개념이다. 다음 세 가지 독서의 의미를 알아보고자 한다.

| 분석적 읽기

분석적 읽기는 텍스트의 구성 요소 즉, 주장과 근거, 전제 등을 파악하는 독서를 의미한다. 따라서 핵심어를 중심으로 단락의 의미를 파악하고 단락의 흐름을 이해해야 한다. 이 과정은 요약으로 집약된다. 독서의 가장 기본적이며 핵심적인 기술은 요약이다. 요약은 텍스트를 읽고 요점을 짧게 정리하는 작업이다. 이때 중요한 것은 자기의 언어로 압축하는 것이다. 이 과정에서 텍스트의 논리를 정리할 수 있고, 문장 구사력도 증진된다. 독서는 의미 창출 과정의 시작이며, 그 행위가 요약이다.

| 비판적 읽기

비판적 읽기는 논리적 구성의 요소를 파악하고, 이를 토대로 반론, 혹은 논제 등을 만드는 독서를 의미한다. 독서의 일차적 목적은 주제가 무엇인지 찾는 것이다. 독서는 주제가 어떻게 구현되는지, 그 과정에 동의하는지 찾아가는 여정이기도 하다. 이와 같은 글의 구성 즉, 주장과 이에 따른 근거의 관계를 파악하고, 그 과정을 판단하는 것이 비판적 읽기다. 요약을 위한 읽기가 글을 '정확하게' 읽는 데 목적을 둔다면, 비판적 읽기는 글을 '논리적으로' 읽는 데 그 목적이 있다. 둘의 목적은 상대적으로 구별되지만, 비판적 읽기의 요령을 알면 요약을 위한 읽기에도 도움이 된다. 글의 전제가 온당한지, 주장과 근거가 정당한지, 도출된 주제에 동의할 수 있는지 등등 우리는 텍스트를 읽는 내내 글의 논리적 구성의 방향을 확인하고 검토해야 한다.

| 창의적 읽기

창의적 읽기는 상상력을 바탕으로 주어진 글을 다른 상황이나 맥락으로 전환하는 독서 행위를 의미한다. 창의적 읽기는 자신이 가지고 있는 경험이나 지식을 반영하여 새로운 맥락을 만드는 읽기다. 이 과정을 통해 새로운 논제를 개발할 수 있다. 창의적 독서의 종류는 관점 바꾸기와 맥락 바꾸기로 나뉜다. 관점을 바꾸는 독서는 텍스트의 방향이나 결말 등을 바꾸면서 인물이나 주제의 관점을 바꾸는 읽기 방법이다. 맥락을 바꾸는 독서는 텍스트의 내용을 다른 맥락에 적용하는 읽기 방법이다. 창의적 읽기는 독자와 텍스트의 교류를 통해 새로운 의미를 생성하는 가장 적극적인 독서 행위다.

2) 글쓰기의 방법

글의 확장이 단어, 문장을 보다 길게 쓰는 것을 의미한다면, 글쓰기의 방법이란 문단 전개의 다양한 방식을 의미한다. 즉, 글쓰기의 다양한 방법은 문단 확장의 과정과도 같다. 글을 쓰는 과정에서 자신이 원하는 이야기를 효과적으로 전달하기 위해 다양한 문단 확장의 방법을 알아야 한다. 구체적으로 묘사, 서사, 정의, 논증, 비교, 분류 등이 있는데 이 중 서사, 묘사, 논증에 대해 알아보고자 한다. 단락을 구성하는 방식을 익히며 다양한 글쓰기의 방법들을 알아보자.

(1) 서사

서사는 인물의 행위, 사건에 대해 시간의 연속적 흐름을 서술하는 표현 방법이다. 즉, 이야기를 시간의 경과에 따라 서술한 것이다. 서사는 단순히 시간의 경과만을 서술하기보다는 의미있는 사건을 중심으로 이들의 시간적 연관관계를 표현하면 된다.

을묘년(乙卯年 1735) 6월 18일 오시(午時)에 어머니께서 나를 거평동(居平洞) 외가에서 낳으셨다. 그 전에 아버지께서 흑룡이 어머니가 계신 방의 반자에 몸을 포개어 감고 있는 꿈을 꾸셨으나 내가 여자로 태어났으므로 태몽과 맞지 않는다고 의심하셨다고 한다. 그러나 할아버지 정현공께서 친히 와서 보시고, 비록 여자이나 보통 아이와는 다르다며 매우 사랑하셨다고 한다.

산후 삼칠일 후에 집으로 들어왔을 때, 증조할머니 이씨께서 나를 보시고 장래를 기대하셨다.

"이 아이가 다른 아이와 다르니 잘 길러라."

그리고 유모를 친히 구해서 보내 주셨다. 내가 점점 자라면서 할아버지께서 각별히 사랑하시어 무릎에서 내려놓지 않으시고 항상 실없이 놀리듯 말씀하셨다.

"이 아이가 작은 어른이니 일찍 어른이 될 것이다."

내가 어려서 듣던 그런 말들을 궁궐에 들어와서 생각해 보니, 그 당시에 나로서는 무언지 모를 말이었으나 두 분 말씀에 무슨 예감이 있었던 게 아닌가 한다.

내가 어렸을 때 형제가 있어 부모께서 두 개의 구슬같이 귀엽게 여기셨는데, 언니가 일찍 죽어 내가 끝까지 변함없는 사랑을 독차지한 것이 천륜(天倫)의 뜻밖이었다. 부모님께선 교훈이 엄하시어 큰 오라버님을 매우 위엄 있고 정중하게 가르치셨다. 그러나 나는 여자였기 때문에 아버지께서 특히 더 사랑하셨으므로 나도 부모님 곁을 떠나지 않았다. 또한 철이 들면서부터 크고 작은 일에 부모님 걱정시키는 일이 적어 부모님께서 더욱더 사랑하셨다.

혜경궁 홍씨, 신동운 역, 『한중록』, 스타북스, 2020, 12-13쪽.

위 예문은 『한중록』 1권 중 한 부분을 발췌한 것이다. 이 부분은 혜경궁 홍씨의 탄생과 유년 시절을 서술한 대목이다. 이 부분을 시간 순서대로 서술하면 '을묘년(乙卯年 1735) 6월 18일 오시[午時]에 출생 → 삼칠일 후 집으로 돌아옴 → 유년시절'로 정리된다. "내가 어려서 듣던 그런 말들을 궁궐에 들어와서 생각해 보니, 그 당시에 나로서는 무언지 모를 말이었으나 두 분 말씀에 무슨 예감이 있었던 게 아닌가 한다." 대목만을 생략한다면, 서술의 시간은 순차적으로 진행된다. 『한중록』 1권은 혜경궁 홍씨의 출생, 유년 시절, 간택과정, 입궁, 출산을 연대기식으로 서술하고 있다. 이와 같이 사건 전개에 있어 시간과의 연관성이 중요한 서술 방법이 서사다.

시간의 순서대로 정리가 가능하다면 모두 서사의 방식으로 서술한 것이며, 대표적인 장르가 소설, 신화, 회고록 등이다. 이외에도 인물의 업적을 연대기식으로 설명한 기사 역시 서사문의 일종이다. 시간을 순서대로 재정렬할 수 있으며, 인물의 행동을 시간의 연관관계 속에서 서술했기 때문이다. 이외에 과학적 현상의 변화 과정 역시 서사적 표현의 일종이다.

(2) 묘사

묘사란 대상으로부터 받은 인상을 구체적이고도 감각적으로 재현해 내는 글쓰기 방식이다. 묘사는 감각을 주로 사용하여 서술하는 것을 의미하며, 지배적인 인상이나 상태를 나타내는 것을 말한다. 따라서 묘사를 잘한다는 것은 대상의 모습을 얼마나 구체적이고 정확하며 생생하게 재현하느냐에 따라 평가될 수 있는 것이다. 묘사는 구체적으로 대상을 그리듯 서술하는 방식이지만, 모든 것을 다 묘사하기보다 '지배적 인상' 즉, 대상에서 무엇을 보느냐에 집중해서 서술해야 한다.

마침내 지쳐 버린 엄마가 엉덩이를 들썩이며 나갈 채비를 하던 그 순간, 출입구가 휙 열리며 바람이 훅 끼쳐 들어왔다. 고개를 들자 어깨가 떡 벌어지고 기골이 장대한 여자가 서 있었다. 회색 머리카락 위로 눌러쓴 보라색 모자엔 깃털이 꽂혀 있었다. 동화책에서 본 로빈 후드와 닮은 모습이었다. 그녀가 바로, 엄마의 엄마였다.

할멈은 무척 컸다. 크다는 말밖엔 할멈을 묘사하기에 적당한 단어가 떠오르지 않는다. 굳이 비유하자면 할멈은 영원히 죽지 않는 커다란 떡갈나무 같았다. 몸도 목소리도, 심지어 그림자마저도 큼직큼직했다. 특히나 손은, 힘 좋은 남자의 손처럼 두툼했다. 할멈은 내 앞에 앉아 팔짱을 끼고 입을 한일자로 꾹 다문 채 침묵했다. 엄마가 눈을 내리깔고 웅얼거리며 무슨 말인가를 꺼내려고 하자 할멈이 낮고 굵직한 목소리로 명령했다.

- 일단 먹어라.

손원평, 『아몬드』, 창비, 2017, 40쪽.

위 예문은 『아몬드』라는 소설의 한 장면이다. 주인공 소년이 외할머니와 처음 만나는 장면이다. 소설은 소년의 눈을 통해 외할머니의 첫인상을 묘사하고 있다. 외할머니에 대한 지배적 인상은 강인함과 무서움이다. 외할머니를 '커다란 떡갈나무' 같은 '큼직큼직'한 몸을 가진 여성으로 묘사하여, 인물의 성격을 시각적으로 재현해 주었다. 외할머니에 대한 묘사를 통해 사회의 편견 따위는 무시하는 강인하고 비범한 인물의 성격까지 암시하고 있다.

묘사가 주로 문학 작품에 사용된다고 생각하지만, 다양한 장르에서 서술된다. 기행문의 감상 부분도 이미지를 서술한다는 점에서 묘사에 해당한다. 또한 봉선화의 구조, 곤충 몸의 특징 등 과학적 정보를 전달하는 부분에도 묘사를 사용한다.

(3) 논증

논증이란 주장을 뒷받침하기 위해 이유나 근거를 제시하는 행위이다. 목적에 따라 정보를 전달할 수 있으며, 주장과 설득을 할 수도 있다. 논증의 과정은 독자를 설득하는 데 중요한 방법이다. 논증의 과정에서 근거의 종류가 중요하다. 주장을 뒷받침하는 논거는 두 종류가 있다. 첫째, 주장을 뒷받침하는 논거가 판단이나 의견으로 이루어지는 경우다. 이는 증언이나 전문가의 의견, 입장 등을 근거로 삼는 경우를 말한다. 둘째, 주장을 뒷받침해 주는 논거가 사실이나 데이터로 이루어지는 경우다. 이는 실험이나 조사 결과 등을 근거로 삼는 경우를 의미한다.

데이터	주장을 뒷받침하기 위해 제시된 객관적인 사실이나 데이터
	논문, 정책 연구 보고서, 신문
의견	주장을 뒷받침하는 모든 진술, 의견과 사실
	판단이나 의견, 전문가의 의견이나 입장 인용

'네거티브 총량제'는 어떤가

뉴스는 곧 '나쁜 뉴스'를 의미하는 것이다. '나쁜 뉴스' 중에서도 가장 잘 팔리는 뉴스는 공포, 증오, 혐오를 불러일으킬 수 있는 것이다. 미국 언론이 도널드 트럼프 시대를 그리워한다는 건 결코 농담이 아니다. 공포, 증오, 혐오의 감정이 고조됐던 트럼프의 대통령 재임 시설이 뉴스의 전성기였기 때문이다. 뉴스의 '부정성 편향'은 징치인의 행동양식마저 지배한다.

포털에서 '네거티브'를 검색해보면 거의 대부분 정치 뉴스다. 네거티브를 자제해야 한다는 요청이나 네거티브는 자해행위라는 비판이 기사 제목으로 끊임없이 등장한다. 벌써부터 대선의 계절로 접어들었음을 말해주는 게 아닌가 싶다. 네거티브를 긍정적으로 말하는 사람은 없지만, 선거는 사실상 경쟁자들을 공격하는 '네거티브 게임'이라는 걸 모르거나 인정하지 않는 사람은 없다. …

선거 캠페인이 네거티브 위주로 흐르는 이유는 간단하다. "나쁜 것은 좋은 것보다 더 강하다"는 이른바 '부정성 편향'(Negativity Bias) 때문이다. 진화론적 관점에서 보면, 우리 인간은 원시 시대부터 부정적 신호에 더 빠르게 반응할수록 맹수나 적의 위험을 벗어나 살아남을 확률이 높았다. 오늘날에도 다를 게 없다. 위험의 성격만 달라졌을 뿐, 자신에게 언제건 닥칠 수 있는 부정적인 일에 촉각을 곤두세우는 게 생존과 성공에 유리하다는 건 두말할 나위가 없다. 오랜 세월 지속돼온 이런 삶의 문법으로 인해 '부정성 편향'은 우리의 디엔에이(DNA)가 되고 말았다.

강준만, <한겨레>, 2021.08.01.

위의 예문은 미디어의 '네거티브' 현상에 대해 비판한 글이다. 선거 운동이나 정치적 사건에 대한 언론의 네거티브 전략은 결과적으로 정치인의 행동 양식에도 영향을 준다는 점에서 부정적임을 시사하고 있다. 이 글은 언론이 선거철에 네거티브 전략을 사용하는 원인이 인간의 '부정성 편향'에서 연유한다고 서술하고 있다. 이처럼 자신의 의견이나 입장을 제시하는 것은 근거를 제시하는 하나의 방법이 될 수 있다.

인간은 왜 치타보다 빠를 수 없나

현재 지구상에서 가장 빠른 인간은 자메이카의 우사인 볼트다. 지난 2009년 베를린 세계육상선수권대회 100m에서 9초58 기록을 세웠다. 이를 시속으로 환산하면 시속 약 45km에 이른다. 반면 지상에서 가장 빠른 네 발 포유동물인 치타는 시속 100km 이상으로 전력 질주할 수 있어 볼트보다 2배 이상 빠르다. 영양도 시속 90km 이상으로 달릴 수 있다. 멧돼지와 토끼도 최대 시속 60km 수준으로 달려 인간보다 훨씬 빠르다. 스포츠 과학자들은 인간이 과연 얼마나 빨리 달릴 수 있고 네발 동물보다 빨리 달리지 못하는 이유를 탐색해왔다.

최근 두 발로 달리는 인간이 네 발로 전력 질주하는 동물보다 빨리 달릴 수 없는 이유가 다리의 수가 적고 척추의 가동성을 포함한 몸통 근육의 효율이 떨어지기 때문이라는 연구 결과가 나왔다.

독일 쾰른대와 슈투트가르트대 연구팀은 포유동물의 달리기 속력에는 다리 개수가 큰 영향을 미치며, 이외에 다리 근육의 관성, 척추의 가동성, 공기 항력 등도 작용한다며 지구상의 모든 동물의 최대 달리기 속력을 계산할 수 있는 역할 모델을 공개했다.

연구진에 따르면 포유동물에서 다리 개수는 달리기의 최대 속도를 결정하는 가장 기본적인 요소다. 인간이나 새처럼 두 발 동물이 네발 동물보다 달리기에 불리한 것은 다리 수가 적다는 신체적인 요건이 일차적으로 작용한다. 이는 곧 신체 근육 사용의 효율과도 연관된다.

미카엘 귄터 슈투트가르트대 교수는 "네 발 달린 포유류는 추진력을 위해 몸통 근육을 사용해 질주할 수 있지만, 인간이나 새와 같은 이족 보행 동물은 몸통 근육을 효율적으로 사용하지 못한다"고 설명했다. 연구진의 모델을 이용하면 '반지의 제왕'에 등장하는 상상의 거대거미인 '쉘롭'은 다리 8개로 최대 시속 60km까지 달릴 수 있다.

포유동물에서 다리 개수가 4개로 동일한 경우에는 다리 근육이 내는 힘과 공기 저항 등이 달리기의 속도를 결정한다. 하지만 다리 근육이 크다고 무조건 유리한 것은 아니다.

가령 쥐와 코끼리는 둘 다 다리가 4개이지만 몸집이 큰 코끼리보다 몸집이 작은 쥐가 더 빨리 달린다. 이는 코끼리가 거대한 몸집을 유지하기 위해 두껍고 무거운 뼈를 가질 수밖에 없고, 이는 몸무게를 늘려 오히려 달리기에 불리한 요소로 작용한다.

이현경, <동아사이언스>, 2021.07.28.

위의 예문은 인간이 동물보다 빠르지 못한 연구 결과를 소개하고 있다. 연구 결과에 따르면 인간과 동물의 달리기 속도의 차이는 다리 개수, 근육의 효율성, 척추의 가동성에 의해 결정된다. 이 글은 인간보다 동물이 빠른 이유에 대해 실험 결과를 근거로 설명을 이어가고 있다. 근거를 제시하는데 규칙이 존재하지 않지만, 출처가 분명한 사실을 제시하는 것이 주장 자체의 신뢰성을 높이는 것은 사실이다. 따라서 의견만을 제시하기보다는 의견과 데이터를 적절히 제시하는 것이 좋다.

❹ 글쓰기의 윤리

1) 인용하기

종종 학생들은 독자의 감동 여부는 생각하지도 않고 인터넷에서 떠돌아다니는 글자들을 조합하기도 한다. 과연 이러한 글자들의 나열을 보고 독자들이 감동할 수 있을까? 글자의 나열이 아닌 글을 쓰고 싶다면, 항상 독자를 염두에 두고 그들을 감동시키기 위한 노력을 아끼지 않아야 한다. 독자가 읽지 않는다면 그것은 글이 아니다. 글은 독자가 읽는 순간 비로소 형성되는 것이며, 독자를 읽게 만드는 것 역시 글을 쓰는 자의 노력과 전략에서 비롯된다고 할 수 있다. 우리는 그 노력이 자료수집을 통한 새로운 글감에서 연유한다는 것을 안다. 따라서 인용은 글의 논리적 구성에 핵심적인 행위이다.

대학 글쓰기의 가장 큰 특징은 자신의 연구 과정을 논리적으로 구성하고 표현하는 것이다. 이때 연구 과정이란, 주제에 대한 다수의 자료를 비판적으로 읽어내고, 창의적 주제를 포착하고 근거를 모으는 과정을 의미한다. 따라서 인용은 대학생 글쓰기의 핵심적인 기능이다.

인용은 주장을 객관적으로 증명해주는 출처이다. 인용을 통해 글의 객관성과 설득력을 높일 수 있다. 인용의 종류는 간접 인용과 직접 인용으로 나뉜다. 처음 글을 쓰는 대학생이라면 출처의 범위가 명확한 직접 인용을 우선 시도하는 것이 좋다. 꼭 필요한 경우에만 인용을 해야 하며, 자료를 왜곡하지 않는 선에서 인용해야 한다. 인용의 형식을 '각주'라 하며 내각주와 외각주, 미주, 참조주 등이 있다. 본 교재에서는 내각주와 외각주를 중심으로 개념을 익혀보자.

내각주	외각주
한편, 강원도 지역에 대한 미래지향적이며 역동적인 관점의 시각은 지방자치제 실시 이후 본격화되었다. 강원도 지역의 다양성과 특성화된 발전 모델을 제시하는 경우로, 관광 콘텐츠와 관련된 논의가 주를 이루었다. 특히, 평창올림픽 전후로 해서 관광지 혹은 지역 발전에 따른 논의가 주를 이루었으며 올림픽과 관련된 콘텐츠 개발, 폐광 지역의 활용 방안, 지역랜드마크의 지향성 등이 논의되어 왔다(김원동, 2010 ; 이태원, 2014 ; 박기관, 2013 ; 이현수, 2012 ; 류시영·유선욱, 2017 ; 이상대·지우석·이수진, 2012). 이와 같은 논의는 지역 사회의 미래 생산적 활동을 위해 중요한 논의들이다.	베버의 「수도사와 금강산」은 근대 한국을 여행한 외국인 기행문과는 차별적인 논조를 갖고 있다. 특히 비숍은 "조선과 영국이라는 나라가 갖는 '차이'를 전제하지 않고 영국 제국을 기준으로" 조선의 문화와 인종, 사회를 재단하고, "문명/미개의 식민주의 이데올로기 기제나 동양에 대한 서구의 고정 관념"을 보여준 논자였다. 비숍의 저작은 서구 문명을 중심으로 인종, 권력, 젠더적 요인을 맥락화하지 못한 제국주의적 정체성을 드러냈다. 반면 베버는 "문화와 풍습을 존중하고 선교지의 발전을 위해 노력"하는 성직자로 평가되었다. 대부분 서구인들은 동양의 자연을 경제적 교환가치로 치부하거나, 혐오의 대상으로 비판했지만, 베버는 한국의 문화를 보존하고 존중한다는 점에서 차별된다. 베버는 불교문화와 한국 문화재에 경의감을 표현했으며, 빈곤과 불결함으로 표출되는 문화적 차이를 존중했다. 그간 서구인이 저술한 기행문은 발간된 양에 비해 지역별로 세분화된 연구가 부족했다. 대부분 관광의 사회적 의미로 한정된 논의였으며, 저작의 개별적 의미 역시 비숍의 저서에 집중되어 있었다.[7] 특히 근대화 전력 지역이었던 경성, 한국 여행의 시작점이었던 제물포에 대한 논의 외에 한국의 세부적 지역 논의는 부족한 상태다.[8] 노르베르트 베버의 「수도사와 금강산」은 유럽에서 발간된 최초의 단행본 저자이자 금강산 관련 단독 여행기록이라는 큰 의미를 지닌다. 그러나 이 저서에 대한 기존 논의 역시 미술사적 의미를 고찰한 홍미숙의 2) 문정희, 「금강산/위엔산/낙토의 표상, 동아시아 식민지 관설 전람회」, 『미술사논총』, 30, 2010. 257쪽. 3) 홍미숙, 「20세기 초 성 오틸리엔 베네딕도회 선교사들의 한국진출과 노르베르트 베버의 『수도사와 금강산』 연구」, 『미술사와 문화유산』, 6집, 2017. 43쪽. 4) 홍순애, 「근대계몽기 여행서사의 환상과 제국주의 사이」, 『대중서사연구』 16, 대중서사학회, 2010. 105쪽. 5) 신문수, 「동방의 타자:이사벨라 버드 비숍의 『한국과 그 이웃나라들』」, 『한국문화』 46, 2009. 123쪽. 6) 홍미숙, 위의 글, 36쪽. 7) 이에 대한 논의로는 정연태, 「개화기에 서양인은 한국을 어떻게 보았는가」, 『한국사 시민강좌』 42, 일조각, 2008., 한경수, 「개화기 서구인의 조선여행」, 『관광학연구』 26, 2002., 김희영, 「오리엔탈리즘과 19세기 말 서양인의 조선인식」, 『경주사학』, 26, 경주사학회, 2007. 등이 있다. 8) 이에 대한 논의로는 심원석, 「1910년대 중반 일본인 기자들의 조선기행문」, 『현대문학의 연구』, 48, 한국문학연구학회, 2012., 이회환, 「이방인의 눈에 비친 제물포」, 『역사민속학』, 한국역사민속학회 2008.가 있다.

각주의 형식은 내각주와 외각주로 나뉜다. 내각주는 본문에 각주의 출처를 최소화하고 마지막 참고문헌에 출처를 모두 밝히는 형태다. 반면 외각주는 본문에 각주의 출처를 모두 기입하는 방법이다. 두 각주 모두 많이 사용되는 각주의 형식이며 글을 써야 하는 기관에서 정한 어문 규정에 맞게 각주를 서술하면 된다.

매체	각주 형식
책	저자 이름, 책 제목, 출판사, 출판연도, 쪽수.
	김고양, 『글쓰기와 독서』, 중부대학교출판부, 2021, 35쪽.
논문	저자 이름, 논문 제목, 학회지, 출판사, 출판연도, 쪽수.
	강충청, 「글쓰기」, 『중부』 23권, 중부대학교 연구소, 2021, 50쪽.
신문	기자 이름, 제목, 신문명, 기사 일자(URL주소)
	박중부, 「어제 확진자 0명」, 중부일보, 2021.4.16. (https://news.v.daum.net/)

각주의 형식은 매체에 따라 다르다. 각주는 인용하는 부분에 " "로 범위를 지정하고, 각주 표기를 통해 출처를 밝히는 것이다. 위의 각주 형식은 외각주이다. 외각주를 중심으로 각주의 형식을 익혀보자.

2) 글쓰기의 윤리

대학 글쓰기에서 인용은 중요한 윤리적 행위이다. 글은 개인의 창작물이라는 점에서 남의 글을 도용하는 것은 표절이다. 타인의 글이나 창작물을 각주 없이 사용하는 것은 표절이며, 각주 표시가 있어도 과도하게 인용하는 경우 역시 문제가 될 수 있다. 주장의 논거로 사용되는 조사 내용, 실험 결과 등을 임의로 누락하거나 조작할 수 없으며, 다른 맥락으로 변조하여 사용하는 것 역시 문제가 된다. 인용을 통해 그 출처를 밝히는 것은 근본적으로 다른 사람의 글을 참고했음을 명시한다는 점에서 중요한 윤리적 행위다. 현재 표절 방지 프로그램이 발달해 있다. 표절은 처벌의 대상이다. 남의 글을 인용하는 데 철저함이 필요하다.

표절의 범주

1) 타인의 글이나 창작물을 자신이 발표하는 행위

2) 타인의 아이디어나 글 등을 출처를 밝히지 않고 무단으로 쓰는 행위

3) 타인의 글을 마치 자신이 쓴 것처럼 바꾸거나 편집해서 사용하는 행위

4) 타인의 글뿐만 아니라 그림, 표, 사진, 조사 결과 등을 허락 없이 사용하는 행위

5) 자신의 저작물 일부 혹은 전체 등을 인용하면서 출처를 밝히지 않는 행위

6) 인용을 과하게 하는 것

· 학습활동 ·

다음 예문의 문장을 인용하여 한 단락의 글을 완성해 보자. (각주 형식을 반드시 표기할 것)

(49) 인간을 무용지물로 만드는 전체주의 정권은 어떻게 가능한가? 폭력과 공포의 규모로만 본다면 전체주의는 사실 쉽게 파악할 수 있는 정치적 현상이다. 전체주의는 사실 쉽게 파악할 수 있는 정치적 현상이다. 우리는 전체주의를 단지 폭력과 공포가 가장 심한 정권으로 이해한다. 전체주의라는 낱말을 들으면 우리가 어렵지 않게 아돌프 히틀러와 이오시프 스탈린 같은 사람들을 떠올리는 것도 이 때문이다. 그렇지만 산업혁명과 프랑스혁명을 거쳐 계몽된 유럽과 소비에트에서 왜 수억 명의 사람이 홀로코스트를 받아들였는가는 쉽게 이해되지 않는다. 왜 수많은 사람이 전체주의 지도자들에게 순순히 복종하고 충성했으며 또 왜 아무런 저항도 없이 죽음의 공장으로 끌려갔는가는 쉽게 풀리지 않는 불가사의이다. 아렌트의 독창성은 이 물음에 답하려는 시도에 있다.

(50) 여기서 '대중(大衆)'과 '폭민(暴民)'은 이 불가사의를 풀 수 있는 키워드다. 서양에서 사회의 대중화가 일어나지 않았다면, 히틀러나 스탈린 같은 폭압적인 지도자가 나타나더라도 쉽게 전체주의 사회가 출현하지는 않았을 것이다. 대중은 전체주의 운동의 자원이며 전제조건이고, 폭민은 전체주의 운동에 의해 휩쓸리고 조직되어 폭력을 분출할 경향이 있는 대중이다. 아렌트는 "전체주의 운동이 대중 사회의 비체계성보다 원자화되고 개인화된 대중의 특별한 조건에 더 의존한다."는 점을 강조한다. 대중은 전형적인 전

체주의 현상이다. 우리가 앞서 살펴본 것처럼 전체주의 국가의 특징은 대중의 고립, 협박, 선전, 세뇌, 교화와 공포의 체제이다. 이 체제는 비교적 건전한 정치적 결정을 할 수 있는 기존의 계급 또는 개인을 대중으로 만들어 전체주의 정권에 충성하도록 만든다.

이진우,『한나 아렌트의 정치 강의』, 휴머니스트, 2019. 49-50쪽.

현재 이 세계는 SNS으로 직접민주주의를 실현한다. 어떤 정치적 사건도 사회적 문제도 하나의 목소리로 존재할 수 없다.

Chapter II

글쓰기와
독서의 연계

글쓰기와
독서의 연계

읽기와 쓰기는 긴밀하게 연관되어 있는 활동이다. 읽기는 쓰여진 텍스트에 대한 읽기를 전제로 하며, 쓰기는 읽혀질 것을 전제로 하여 이루어진다. 사람들은 읽은 글의 내용을 정리하기 위해 글을 쓰고, 특정한 주제의 글을 쓰기 위해 그와 관련한 내용을 다룬 책을 읽는다. 이처럼 읽기와 쓰기의 밀접한 연관성에 기대어 이 부분에서는 다양한 읽기 방법에 대해 학습하는 한편, 그 결과를 한 편의 글로 완성해보는 쓰기의 과정을 학습해보고자 한다. 분석적 읽기, 비판적 읽기, 창의적 읽기로 나누어지는 읽기의 방법을 각각 구체적으로 알아보고 그 읽기의 결과를 쓰기로 연결지어 복합적인 읽기와 쓰기 활동을 학습해본다.

1) 분석적 읽기의 개념과 목적

"분석적 읽기"란 글의 내용이나 구조, 양상을 사실대로 정확하게 파악하면서 읽는 읽기를 말한다. "분석적 읽기"를 하기 위해서는 텍스트를 이루고 있는 주요 단어와 용어의 개념을 정확히 이해해야 한다. 그리고 문장과 문장, 문단과 문단 간의 관계를 살펴보아야 하며, 중심 내용과 세부 내용을 구별하는 등 텍스트에 사실적으로 드러나 있는 사항들을 꼼꼼히 분석하여 파악하고자 하는 정보를 읽어내야 한다. 즉, "분석적 읽기"는 텍스트의 주제, 텍스트의 구성, 텍스트의 양상, 텍스트에 드러나는 정보, 텍스트의 의미를 적절하게 파악하여 자신이 원하는 텍스트의 면모를 적확하게 파악하면서 읽는 읽기를 의미한다. 따라서 텍스트의 주제, 구성 등에 대한 면밀한 파악이 필요한 경우에 분석적 읽기를 시도해야 한다.

2) 분석적 읽기의 방법

분석적 읽기는 글의 종류가 비문학 텍스트인가, 문학 텍스트인가에 따라 크게 두 가지로 나누어진다. 가장 대표적으로 분석적 읽기를 시도하는 경우가 주제 파악을 위한 경우인데, 비문학 텍스트의 경우 주제 파악은 텍스트를 이루는 명제 간 의미 관계를 파악하여 텍스트의 의미 결합을 통해 형성되는 최종의미를 파악하는 방식으로 이루어진다. 반면 서사 텍스트와 같은 문학 텍스트의 경우는 텍스트를 이루는 서사의 주요 요소인 인물과 주요 사건을 중심으로 주제 파악이 이루어진다. 분석적 읽기의 과정을 비문학 텍스트의 경우, 문학 텍스트의 경우로 나누어서 학습해보자.

우리는 여기에서 먼저 비문학 텍스트를 대상으로 분석적 읽기의 방법을 연습해 보고자 한다. 다음은 우리 민속놀이 중 하나인 윷놀이에 담긴 민중적 세계관에 대해 설명하고 있는 설명문이다. 잘 알려진 바와 같이 윷놀이는 다섯 개의 윷가락을 던져서 윷가락이 뒤집히는 수에 따라 윷판의 말을 옮겨 빨리 윷판을 도는 쪽이 승리하는 게임이다. 윷놀이에 담긴 농경사회의 인식에 대해 설명하고 있는 이 글을 토대로 분석적 읽기의 방법을 학습해보자.

"윷놀이와 민중적 세계관"

임재해

① 전통 사회에서 민중은 한결같이 농경 활동에 종사했다. 농경 활동은 넓은 토지를 공간적 토대로 삼고 사계절의 변화를 시간적 축으로 고려하여 이루어지는 것이다. 땅이 있되 생산의 계절이 닥치지 않으면 농경 활동을 할 수 없고, 생산의 계절인 여름이 닥쳐도 경작할 토지가 없으면 농사를 지을 수 없다. 따라서 동서남북 사방으로 열린 넓은 토지를 확보하는 것이 민중들의 소망일 뿐 아니라, 계절의 순환이 빠르게 이루어져서 농사의 결실을 서둘러 거둘 수 있는 것 또한 그들의 희망이다. 겨울이 빨리 지나 파종의 봄을 맞이하고 이것을 거둘 수 있는 여름이 빨리 와야 보릿고개를 수월하게 넘길 수 있다. 그리고 추수를 할 수 있는 가을이 빨리 와야 겨울을 날 수 있는 양식을 거두어들일 수 있다. 윷말들을 다 투어 말판을 돌아 나가길 겨루는 것은 이러한 계절적 순환의 기대와 맞물려 있는 것이다. 결국 윷놀이는 윷판이라는 공간적 개념과, 윷말이라는 시간적 개념이 어울려 생산의 풍요를 기원하는 세계관석 의식을 총체적으로 갈무리하고 있는 것이다. 특히 이들 놀이가 풍요 다산을 기원하는 제의와 기풍 의례의 민속놀이들이 많이 이루어지는 정월의 명절에 집중적으로 행해진다는 점은 예사로 보아 넘길 일이 아니다. 정초는 일 년의 기점이다. 죽음의 계절인 겨울이 빨리 가고 생산의 계절인 봄이 빨리 와야 풍농이 보장된다. 이런 때에 윷놀이를 하며 승부를 다투는 것은 계절의 빠른 순환을 촉구하는 기원이자, 동시에 계절의 순환을 형상화한 주술적 활동인 것이다.

② 윷놀이와 견주어 볼 만한 것으로는 벼슬자리를 다투는 종경도놀이와 부처되기를 다투는 성불도(成佛圖)놀이가 있다. 종경도놀이는 사대부 계층에서 정초에 윷놀이 대신 즐기던 놀이였다. 윷놀이의 말판과 달리, 유학(幼學)에서 영의정에 이르기까지 조정의 모든

내외 관직을 망라해서 바둑판처럼 그려 둔 장방형의 종경도판을 마련해 두고서, 종경도 알이나 윷을 던져서 나오는 패에 따라 벼슬자리에 나아가기도 하고 물러나기도 하는 놀이이다. 좋은 패가 나와 순조롭게 관계에 진출하여 계속 높은 벼슬에 오르기도 하지만, 패가 나쁘면 파직되어 변방으로 귀양을 가거나 사약까지 받을 수 있다. 양반 자제들이 과거에 급제하여 높은 벼슬자리에 오르고자 하는 욕구를 대리 충족시켜 주는 동시에, 관운을 점치고 관계 진출을 기원하는 뜻이 담긴 놀이로서, 관직의 직제에 대한 지식을 익히게 하는 구실과, 관운의 흥망성쇠가 미치는 행·불행에 관한 일종의 교훈 구실을 하기도 한다.

③ 성불도놀이는 절간에서 승려들이 주로 하는 놀이이다. 불가에 입문하는 단계에서 성불하여 부처가 되는 단계까지를 종경도의 벼슬자리 직위처럼 성불도로 그려 두고서, 다투는 성불도(成佛圖)놀이가 있다. 종경도놀이는 사대부 계층에서 정초에 윷놀이가 대신 즐기던 놀이였다. 윷놀이의 말판과 달리, 유학(幼學)에서 영의정에 이르기까지 조정의 모든 내외 관직을 망라해서 바둑판처럼 그려 둔 장방형의 종경도판을 마련해 두고서, 종경도 알이나 윷을 던져서 나오는 패에 따라 벼슬자리에 나아가기도 하고 물러나기도 하는 놀이이다. 좋은 패가 나와 순조롭게 관계에 진출하여 계속 높은 벼슬에 오르기도 하지만, 패가 나쁘면 파직되어 변방으로 귀양을 가거나 사약까지 받을 수 있다. 양반 자제들이 과거에 급제하여 높은 벼슬자리에 오르고자 하는 욕구를 대리 충족시켜 주는 동시에, 관운을 점치고 관계 진출을 기원하는 뜻이 담긴 놀이로서, 관직의 직제에 대한 지식을 익히게 하는 구실과, 관운의 흥망성쇠가 미치는 행·불행에 관한 일종의 교훈 구실을 하기도 한다.

④ 성불도놀이는 절간에서 승려들이 주로 하는 놀이이다. 불가에 입문하는 단계에서 성불하여 부처가 되는 단계까지를 종경도의 벼슬자리 직위처럼 성불도로 그려 두고서, 다섯 모가 나게 깎은 성불도 알이나 윷을 굴려서 그 점수에 따라 놀이하는 것이다. 이 역시 운이 좋아 성공하면 성불하여 부처가 되고 극락에 이르게 되지만, 실패하면 지옥에 떨어지게 된다.

⑤ 윷놀이에서 유래한 '첫도 부자', '첫도 유복', '첫도 왕'이라고 하는 말들은 '한 걸음씩 차근차근 시작해야 마침내 큰 성취를 이룰 수 있다'라는 뜻으로 세상살이의 이치를 일깨워 준다. 이와 반대로 '첫모 방정에 새 까먹는다'든가, '첫모 비상(砒霜)'이라는 옛말은 '인생을 살아가는 데는 처음부터 지나친 행운을 기대하는 것과, 첫모와 같은 일시적 행운이 오히려 비상과 같은 독약이 될 수도 있다'는 것을 경계하는 뜻을 지니고 있는 말이다. '업은 말은 무거워 못 간다'고 하는 옛말에도 지나치게 욕심을 부리면 도리어 손해를 볼 수 있다는 뜻이 담겨 있다. 불로소득을 꿈꾸거나 일확천금으로 운명을 바꾸어 보려는 인간의 탐욕을 절제시키는 뜻이 윷놀이에 관한 옛말로 전승되고 있는 것이다.

임재해, <윷놀이의 이치와 민중적 세계관>, 안동문화연구5, 안동문화연구회, 1991.

이 글은 '윷놀이를 비롯한 우리 전통 놀이에 나타난 민중들의 소망과 교훈적 의미를 다루고 있다. 놀이 자체에서 얻을 수 있는 장점 이외에 윷놀이에 담긴 상징성과 세계관, 윷놀이에 갈무리된 민중 의식과 농경 생활과의 관련성 등을 구체적으로 소개하고 있는 설명문이다. 이 글을 대상으로 비문학 텍스트 읽기의 과정을 학습해보자.

| 비문학 텍스트 분석적 읽기의 과정

비문학 텍스트 분석적 읽기에 있어서는 글의 핵심내용을 파악하는 과정이 가장 핵심적으로 요구된다. 이러한 글의 핵심내용을 파악하는 과정은 크게 다섯 가지로 나누어지는데, 위의 "윷놀이와 민중적 세계관"이라는 설명문을 토대로 이러한 비문학 텍스트의 주제를 분석적으로 읽어내는 과정을 순차적으로 연습해보면 다음과 같다.

첫째, 문단 구분하기

문장이 모여 하나의 중심 생각을 이루는 덩어리를 '문단'이라고 한다. 비문학 텍스트를 분석적으로 파악하기 위해서는 먼저, 글을 이루고 있는 문단을 구분하여 파악해야 한다. 문단은 보통 들여쓰기를 통해 구분되어 있는데, 이렇게 구분된 각각의 덩어리를 하나의 문단으로 볼 수 있다. "윷놀이와 민중적 세계관"은 아래와 같이 크게 다섯 개의 문단으로 이루어져 있다.

① 전통 사회에서 민중은 한결같이 농경 활동에 종사했다. 농경 활동은 넓은 토지를 공간적 토대로 삼고 사계절의 변화를 시간적 축으로 고려하여 이루어지는 것이다. 땅이 있되 생산의 계절이 닥치지 않으면 농경 활동을 할 수 없고, 생산의 계절인 여름이 닥쳐도 경작할 토지가 없으면 농사를 지을 수 없다. 따라서 동서남북 사방으로 열린 넓은 토지를 확보하는 것이 민중들의 소망일 뿐 아니라, 계절의 순환이 빠르게 이루어져서 농사의 결실을 서둘러 거둘 수 있는 것 또한 그들의 희망이다. 겨울이 빨리 지나 파종의 봄을 맞이하고 이것을 거둘 수 있는 여름이 빨리 와야 보릿고개를 수월하게 넘길 수 있다. 그리고 추수를 할 수 있는 가을이

빨리 와야 겨울을 날 수 있는 양식을 거두어들일 수 있다. 윷말들을 다투어 말판을 돌아 나가길 겨루는 것은 이러한 계절적 순환의 기대와 맞물려 있는 것이다.

② 결국 윷놀이는 윷판이라는 공간적 개념과, 윷말이라는 시간적 개념이 어울려 생산의 풍요를 기원하는 세계관적 의식을 총체적으로 갈무리하고 있는 것이다. 특히 이들 놀이가 풍요 다산을 기원하는 제의와 기풍 의례의 민속 놀이들이 많이 이루어지는 정월의 명절에 집중적으로 행해진다는 점은 예사로 보아 넘길 일이 아니다. 정초는 일 년의 기점이다. 죽음의 계절인 겨울이 빨리 가고 생산의 계절인 봄이 빨리 와야 풍농이 보장된다. 이런 때에 윷놀이를 하며 승부를 다투는 것은 계절의 빠른 순환을 촉구하는 기원이자, 동시에 계절의 순환을 형상화한 주술적 활동인 것이다.

③ 윷놀이와 견주어 볼 만한 것으로는 벼슬자리를 다투는 종경도놀이와 부처 되기를 다투는 성불도(成佛圖)놀이가 있다. 종경도놀이는 사대부 계층에서 정초에 윷놀이 대신 즐기던 놀이였다. 윷놀이의 말판과 달리, 유학(幼學)에서 영의정에 이르기까지 조정의 모든 내외 관직을 망라해서 바둑판처럼 그려 둔 장방형의 종경도판을 마련해 두고서, 종경도 알이나 윷을 던져서 나오는 패에 따라 벼슬자리에 나아가기도 하고 물러나기도 하는 놀이이다. 좋은 패가 나와 순조롭게 관계에 진출하여 계속 높은 벼슬에 오르기도 하지만, 패가 나쁘면 파직되어 변방으로 귀양을 가거나 사약까지 받을 수 있다. 양반 자제들이 과거에 급제하여 높은 벼슬자리에 오르고자 하는 욕구를 대리 충족시켜 주는 동시에, 관운을 점치고 관계 진출을 기원하는 뜻이 담긴 놀이로서, 관직의 식세에 대한 지식을 익히게 하는 구실과, 관운의 흥망성쇠가 미치는 행·불행에 관한 일종의 교훈 구실을 하기도 한다.

④ 성불도놀이는 절간에서 승려들이 주로 하는 놀이이다. 불가에 입문하는 단계에서 성불하여 부처가 되는 단계까지를 종경도의 벼슬자리 직위처럼 성불도로 그려 두고서, 다섯 모가 나게 깎은 성불도 알이나 윷을 굴려서 그 점수에 따라 놀이하는 것이다. 이 역시 운이 좋아 성공하면 성불하여 부처가 되고 극락에 이르게 되지만, 실패하면 지옥에 떨어지게 된다.

⑤ 윷놀이에서 유래한 '첫도 부자', '첫도 유복', '첫도 왕'이라고 하는 말들은 '한 걸음씩 차근차근 시작해야 마침내 큰 성취를 이룰 수 있다'라는 뜻으로 세상살이의 이치를 일깨워 준다. 이와 반대로 '첫모 방정에 새 까먹는다'든가, '첫모 비상(砒霜)'이라는 옛말은 '인생을 살아가는 데는 처음부터 지나친 행운을 기대하는 것과, 첫모와 같은 일시적 행운이 오히려 비상과 같은 독약이 될 수도 있다'는 것을 경계하는 뜻을 지니고 있는 말이다. '업은 말은 무거워 못 간다'고 하는 옛말에도 지나치게 욕심을 부리면 도리어 손해를 볼 수 있다는 뜻이 담겨 있다. 불로소득을 꿈꾸거나 일확천금으로 운명을 바꾸어 보려는 인간의 탐욕을 절제시키는 뜻이 윷놀이에 관한 옛말로 전승되고 있는 것이다.

둘째, 각 문단에서 중요한 문장은 남기고 불필요한 문장은 생략하기
상위내용에 하위 내용 포함시켜 결합하기

하나의 문단에는 그 문단을 이루고 있는 여러 개의 문장들이 있고 이 문장들은 중심생각을 담고 있는 것과 그렇지 않은 것으로 구분할 수 있다. 각 문단에서 두드러지게 드러나는 말하고자 하는 바를 담은 문장들은 남기고 불필요한 문장은 생략하는 것이 분석적 읽기의 두 번째 단계이다. 이때 생략하는 것은 새로운 정보와 내용이 더해지는 것이 아니라 이미 언급된 내용을 예로 들거나 부연설명하는 문장들을 생략할 수 있다. 첫 번째 문단을 예로 들어 설명하면 다음과 같다.

① a.전통 사회에서 민중은 한결같이 농경 활동에 종사했다. b.농경 활동은 넓은 토지를 공간적 토대로 삼고 사계절의 변화를 시간적 축으로 고려하여 이루어지는 것이다. c.땅이 있되 생산의 계절이 닥치지 않으면 농경 활동을 할 수 없고, 생산의 계절인 여름이 닥쳐도 경작할 토지가 없으면 농사를 지을 수 없다. d.따라서 동서남북 사방으로 열린 넓은 토지를 확보하는 것이 민중들의 소망일 뿐 아니라, 계절의 순환이 빠르게 이루어져서 농사의 결실을 서둘러 거둘 수 있는 것 또한 그들의 희망이다. e.겨울이 빨리 지나 파종의 봄을 맞이하고 이것을 거둘 수 있는 여름이 빨리 와야 보릿고개를 수월하게 넘길 수 있다. f.그리고 추수를 할 수 있는 가을이 빨리 와야 겨울을 날 수 있는 양식을 거두어들일 수 있다. g.윷말들을 다투어 말

판을 돌아 나가길 거듭는 것은 이러한 계절적 순환의 기대와 맞물려 있는 것이다.

위의 첫 번째 문단에서 앞의 a, b, c 세 문장이 합쳐져 d 문장, "계절의 순환은 민중들의 소망이자 희망이다"가 도출된다. 뒤쪽의 e, f는 d에 대한 부연 설명이고 g 는 이러한 윷놀이에 드러난 계절의 순환에 대해 언급한 문장이다. 이 d 문장과 g문 장이 결합되면 윷놀이의 말판은 민중들의 소망이자 희망인 계절의 순환과 맞물려 있다."로 정리할 수 있다.

이러한 방식으로 중심문장은 남기고, 불필요한 문장은 생략하고, 상위내용에 하위내용을 포함시켜 중심내용을 추려나갈 수 있다. 나머지 ②, ③, ④, ⑤ 문단의 내용 또한 이러한 방식으로 정리할 수 있다.

셋째. 각 문단의 중심내용 파악하기

이러한 방식으로 정리한 문장들을 중심으로 각 문단의 중심내용을 다음과 같이 파악할 수 있다.

① 문단: 농경사회에서 윷놀이의 의미
② 문단: 기원과 주술적 활동으로서의 윷놀이
③ 문단: 사대부들이 즐기던 종경도 놀이
④ 문단: 승려들이 즐기던 성불도 놀이
⑤ 문단: 윷놀이에 담긴 교훈

넷째. 중심내용을 재기술하기

위와 같이 중심내용을 파악한 결과, 이 글은 농경사회에서 윷놀이의 의미에 대한 ①문단에서의 언급을 시작으로 기원과 주술적 활동으로서의 윷놀이가 가지는 의미를 더욱 구체적으로 설명하고 있다. 이어서 윷놀이와 유사하게 민중적 세계관을 담고 있는 종경도 놀이와 성불도 놀이에 대해 예를 들어 설명한 후 윷놀이에 담긴 교훈에 대해 이야기하는 구도로 이루어져 있다. 이 중 ①문단은 ②문단을 통해 보다 구체화되고, ③문단과 ④문단은 다른 민속놀이의 예시에 해당하므로 생략할 수 있으며, ⑤문단은 윷놀이에 담긴 교훈을 부연 설명하고 있으므로 이를 중심으로 다음과 같이 중심내용을 재기술해 볼 수 있다.

주제: "윷놀이는 우리의 민중적 세계관이 담긴 기원과 주술적 활동으로서 여러 가지 교훈을 담고 있다."

| 문학 텍스트의 경우

다음은 문학 텍스트에 해당하는 이효석의 "메밀꽃 필 무렵"이라는 소설이다. 문학 텍스트는 비문학 텍스트와는 다른 방식 구성과 특징을 가지고 있으므로 비문학 텍스트의 경우와는 다른 방식의 읽기가 필요하다. 아래의 대표적인 문학 텍스트인 소설을 중심으로 문학 텍스트를 분석적으로 읽는 방법을 학습해보자.

"메밀꽃 필 무렵"

이효석

드팀전 장돌이를 시작한 지 이십 년이나 되어도 허생원은 봉평 장을 빼논 적은 드물었다. 충주 제천 등의 이웃 군에도 가고, 멀리 영남 지방도 헤매이기는 하였으나 강릉쯤에 물건 하러 가는 외에는 처음부터 끝까지 군내를 돌아다녔다. 닷새만큼씩의 장날에는 달보다도 확실하게 면에서 면으로 건너간다. 고향이 청주라고 자랑삼아 말하였으나 고향에 돌보러 간 일도 있는 것 같지는 않았다. 장에서 장으로 가는 길의 아름다운 강산이 그대로 그에게는 그리운 고향이었다. 반날 동안이나 뚜벅뚜벅 걷고 장터 있는 마을에 거지반 가까웠을 때, 거친 나귀가 한바탕 우렁차게 울면 — 더구나 그것이 저녁녘이어서 등불들이 어둠 속에 깜박거릴 무렵이면 늘 당하는 것이건만 허생원은 변치 않고 언제든지 가슴이 뛰놀았다.

젊은 시절에는 알뜰하게 벌어 돈푼이나 모아 본 적도 있기는 있었으나, 읍내에 백중이 열린 해 호탕스럽게 놀고 투전을 하여 사흘 동안에 다 털어 버렸다. 나귀까지 팔게 된 판이었으나 애끓는 정분에 그것만은 이를 물고 단념하였다. 결국 도로아미타불로 장돌이를 다시 시작할 수밖에는 없었다. 짐승을 데리고 읍내를 도망해 나왔을 때에는 너를 팔지 않기 다행이었다고 길가에서 울면서 짐승의 등을 어루만졌던 것이었다. 빚을 지기 시작하니 재산을 모을 염은 당초에 틀리고 간신히 입에 풀칠을 하러 장에서 장으로 돌아다니게 되었다.

호탕스럽게 놀았다고는 하여도 계집 하나 후려 보지는 못하였다. 계집이란 좀 쌀쌀하고 매정한 것이었다. 평생 인연이 없는 것이라고 신세가 서글퍼졌다. 일신에 가까운 것이라고는 언제나 변함 없는 한 필의 당나귀였다.

그렇다고는 하여도 꼭 한 번의 첫 일을 잊을 수는 없었다. 뒤에도 처음에도 없는 단 한 번의 괴이한 인연! 봉평에 다니기 시작한 젊은 시절의 일이었으나 그것을 생각할 적만은 그도 산 보람을 느꼈다.

"달밤이었으나 어떻게 해서 그렇게 됐는지 지금 생각해도 도무지 알 수 없어."

허생원은 오늘 밤도 또 그 이야기를 끄집어내려는 것이다. 조선달은 친구가 된 이래 귀에 못이 박히도록 들어 왔다. 그렇다고 싫증을 낼 수도 없었으나 허 생원은 시침을 떼고 되풀이할 대로는 되풀이하고야 말았다.

"달밤에는 그런 이야기가 격에 맞거든."

조선달 편을 바라는 보았으나 물론 미안해서가 아니라 달빛에 감동하여서였다. 이지러는 졌으나 보름을 가제 지난 달은 부드러운 빛을 흐뭇이 흘리고 있다. 대화까지는 칠십 리의 밤길, 고개를 둘이나 넘고 개울을 하나 건너고 벌판과 산길을 걸어야 된다. 달은 지금 긴 산허리에 걸려 있다. 밤중을 지난 무렵인지 죽은 듯이 고요한 속에서 짐승 같은 달의 숨소리가 손에 잡힐 듯이 들리며, 콩포기와 옥수수 잎새가 한층 달에 푸르게 젖었다. 산허리는 온통 메밀밭이어서 피기 시작한 꽃이 소금을 뿌린 듯이 흐뭇한 달빛에 숨이 막힐 지경이다. 붉은 대궁이 향기같이 애잔하고 나귀들의 걸음도 시원하다. 길이 좁은 까닭에 세 사람은 나귀를 타고 외줄로 늘어섰다. 방울 소리가 시원스럽게 딸랑딸랑 메밀밭께로 흘러간다. 앞장선 허생원의 이야기 소리는 꽁무니에 선 동이에게는 확적히는 안 들렸으나, 그는 그대로 개운한 제 멋에 적적하지는 않았다.

"장 선 꼭 이런 날 밤이었네. 객주집 토방이란 무더워서 잠이 들어야지. 밤중은 돼서 혼자 일어나 개울가에 목욕하러 나갔지. 봉평은 지금이나 그제나 마찬가지나 보이는 곳마다 메밀밭이어서 개울가가 어디 없이 하얀 꽃이야. 돌밭에 벗어도 좋을 것을, 달이 너무도 밝은 까닭에 옷을 벗으러 물방앗간으로 들어가지 않았나. 이상한 일도 많지. 거기서 난데없는 성 서방네 처녀와 마주쳤단 말이네. 봉평서야 제일가는 일색이었지."

이효석, 서준석 책임 편집, 『메밀꽃 필 무렵』, 2007, 209-211쪽.

"메밀꽃 필 무렵"은 이효석의 대표적인 소설 중의 하나이다. 장돌뱅이인 허생원이 살아가는 떠돌이의 삶이 그의 추억 이야기 속에서 절묘하게 펼쳐지는 작품으로 잘 알려져 있다. 소설의 주된 배경인 메밀꽃 핀 달밤의 풍경이 과거와 현재를 이어주며 아름답게 묘사되고 있는 점이 특징이다. 이 글을 대상으로 문학 읽기의 과정을 학습해보자.

│ 문학 텍스트 분석적 읽기의 과정

소설 텍스트는 주로 시간의 흐름에 따라 기술되는 서사의 방식으로 서술되어 있다. 따라서 이 소설 텍스트의 중심내용을 분석하기 위해서는 주로 서사의 주요 구성요소라 할 수 있는 인물과 사건 전개에 있어서의 변화를 파악해야 한다. 이러한 중심내용 분석적 읽기의 과정을 순차적으로 살펴보자.

첫째, 중심인물과 상황 파악하기

위 글은 문학 텍스트 중에서도 소설에 해당하는 글이다. 소설은 인물에 대한 이야기로서 특정한 인물의 삶을 중심으로 사건이 전개된다. 이 소설은 장돌뱅이인 허생원이라는 인물을 주인공으로 하여 전개되고 있다. 따라서 아래와 같이 중심인물인 허생원의 상황을 파악하는 것으로부터 내용 파악을 시작할 수 있다.

허생원: 장돌뱅이로 떠돌아다니는 인물이다. 장터를 돌아다니면서 늘 봉평장을 빼놓은 적이 없는데, 이는 과거에 있었던 인연과 관련이 있다.

둘째, 인물의 주요 행위 파악하기

소설과 같은 서사 문학은 시간의 변화에 따른 사건과 상황의 변화를 중심으로 전개된다. 따라서 소설에 드러나는 인물의 주요 행위를 파악하는 것을 통해 중심내용을 파악할 수 있다.

인물의 주요 행위

: 달밤이 뜬 밤, 허생원은 동료인 조선달과 함께 달밤의 길을 걸어가고 있는 중이다.

셋째, 시간에 따른 상황의 변화 파악하기

위 소설에서 드러난 주요 상황의 변화는 길을 걷던 허생원이 조선달에게 과거 봉평에서 만난 인연에 대한 이야기를 늘어놓는 것이다.

이상 살펴본 인물의 상황, 주요 행위, 시간에 따른 상황의 변화를 파악한 결과를 종합하여 위 글의 중심내용을 정리해보면 다음과 같다.

허생원은 장돌뱅이로 장터를 떠돌아다니는 인물이다. 그는 장터를 돌아다니면서 늘 봉평장을 빼놓은 적이 없는데, 이는 과거에 있었던 인연과 관련이 있다. 달이 뜬 길을 가던 허생원은 조선달에게 봉평에서 만난 과거의 인연에 대한 이야기를 늘어놓기 시작한다.

· 학습활동 1 ·

"추석이란 무엇인가" 되물어라

김영민

밥을 먹다가 주변 사람을 긴장시키고 싶은가. 그렇다면 음식을 한가득 입에 물고서 소리 내어 말해보라. "나는 누구인가." 아마 함께 밥 먹던 사람들이 수저질을 멈추고 걱정스러운 눈초리로 당신을 쳐다볼 것이다. 정체성을 따지는 질문은 대개 위기 상황에서나 제기되기 때문이다. 사람들은 평상시 그런 근본적인 질문에 대해 별 관심이 없다. 내가 누구인지, 한국이 무엇인지에 대해 궁금해 하기보다는, 내가 무엇을 하는지, 한국이 어떤 정책을 집행하는지, 즉 정체성보다는 근황과 행위에 대해 더 관심을 가진다. 그러나 자신의 존재 규정을 위협할 만한 특이한 사태가 발생하면, 새삼 근본적인 질문을 던지지 않을 수 없다.

내 친구가 그 좋은 예다. 그의 부인은 일상의 사물을 재료로 작품을 만드는 예술가인데, 얼마 전 전시회를 열었다. 전시된 작품 중에는 오래된 연애편지를 활용해서 만든 것도 있었다. 특이한 작품이라는 생각이 들어서 그 앞에서 작품의 소재가 된 옛 연애편지를 읽어보았다. 그런데 그 내용과 표현이 내 감수성이 받아들이기에는 너무 느끼해서 그만 그 자리에서 토할 뻔했다. 혹여 내가 연애편지를 쓰게 되는 상황에 다시 처한다면, "영민"이란 이름을 한 글자로 줄여서 "민"이라고 자칭하지는 않으리라. 나 자신을 3인칭으로 부르지 않으리라. "민은 이렇게 생각한답니다"와 같은 문장을 쓰지 않으리라. "사랑하는 나의 희에게, 희로부터 애달픈 사랑을 듬뿍 받고 싶은 민으로부터"와 같은 표현은 결코 구사하지 않으리라.

심정지가 올 정도로 느끼한 문장으로 가득 찬 그 연애편지가 하도 인상적이어서, 그 작품을 만든 친구 부인에게 이거 대체 누가 쓴 편지냐고 물었다. 그러자 천연덕스럽게 "대학 시절 연애할 때 제 남편이 제게 보낸 편지예요"라는 대답이 돌아왔다. 아, 과학자의 탈을 쓴 그 친구에게 이와 같은 면모가 있었다니! 며칠 뒤, 그 친구를 만날 기회가 있었을 때 급기야 "그거 네가 쓴 연애편지라며?"라고 묻고 말았다. 그랬더니 평소 감정의 큰 기복이 없던 그 친구가 정서적 동요를 보이면서, 자신도 전시회에서 그 편지를 보고 그 내용과 표현에 큰 충격을 받았다고 털어놓았다. 놀리고 싶어진 나는 왜 그런 느끼한 표현을 썼느냐고 따져 물었다. 그러자 그 친구는 갑자기 과학자다운 평정심을 잃고 고성을 질러 댔다. "그 편지를 쓰던 때의 나와 지금의 나는 다른 사람이라고 생각해! 내가 왜 그랬냐고 묻지 마!" 그러고는 벌떡 일어나 괴성을 지르며 나를 할퀴었다. 그 더러운 손톱에 할퀴어지는 바람에, 내 손목은 진리를 위해 순교한 중세 성인처럼 피를 흘렸다.

그 친구의 이러한 난동은 정체성의 질문이란 위기 상황에서 제기되는 것임을 잘 보여준다. 자신이 받아들이고 싶지 않은 과거를 부정하기 위해, 기존에 가지고 있던 자기 정체성을 스스로 파괴하려 들었던 것이다. 하나의 통합된 인격과 내력을 가진 인간으로 살아가기를 포기한 것이다. 오늘도 그는 그 느끼한 연애편지를 쓰던 자신과 현재의 '쿨한' 자신을 화해시키고, 새 시대에 맞는 새로운 정체성을 구성하기 위해 '인문학적으로' 씨름하고 있으리라.

추석을 맞아 모여든 친척들은 늘 그러했던 것처럼 당신의 근황에 과도한 관심을 가질 것이다. 취직은 했는지, 결혼할 계획은 있는지, 아이는 언제 낳을 것인지, 살은 언제 뺄 것인지 등등. 그러나 21세기의 냉정한 과학자가 느끼한 연애편지를 쓰던 20세기 청년이 더 이상 아니듯이, 당신도 과거의 당신이 아니며, 친척도 과거의 친척이 아니며, 가족도 옛날의 가족이 아니며, 추석도 과거의 추석이 아니다. 따라서 "그런 질문은 집어치워 주시죠"

라는 시선을 보냈는데도 불구하고 친척이 명절을 핑계로 집요하게 당신의 인생에 대해 캐물어 온다면, 그들이 평소에 직면하지 않았을 근본적인 질문을 던지는 게 좋다. 당숙이 "너 언제 취직할 거니" 라고 물으면, "곧 하겠죠, 뭐" 라고 얼버무리지 말고 "당숙이란 무엇인가" 라고 대답하라. "추석 때라서 일부러 물어보는 거란다" 라고 하거든, "추석이란 무엇인가" 라고 대답하라. 엄마가 "너 대체 결혼할 거니 말 거니" 라고 물으면, "결혼이란 무엇인가" 라고 대답하라. 거기에 대해 "얘가 미쳤나" 라고 말하면, "제정신이란 무엇인가" 라고 대답하라. 아버지가 "손주라도 한 명 안겨다오" 라고 하거든 "후손이란 무엇인가". "늘그막에 외로워서 그런단다" 라고 하거든 "외로움이란 무엇인가". "가족끼리 이런 이야기도 못하니" 라고 하거든 "가족이란 무엇인가". 정체성에 관련된 이러한 대화들은 신성한 주문이 되어 해묵은 잡귀와 같은 오지랖들을 내쫓고 당신에게 자유를 선사할 것이다. 칼럼이란 무엇인가.

김영민, <"추석이란 무엇인가" 되물어라>, 경향신문, 2018. 09. 21.

● 위의 비문학 텍스트 분석적 읽기 방법에 따라 이 글의 중심내용을 분석해 보자.

● 분석한 내용을 토대로 이 글이 재미있고 참신한 이유를 좀 더 분석해 보자.

① '추석'이라는 특정한 시기에 드러나는 실질적인 현상과 관련한 일을 다루고 있어 사람들의 흥미를 끈다.

② 관련된 재미있는 일화를 활용하여 자신의 주장을 강화하고 있다.

(느끼한 연애편지를 썼던 친구가 자신의 정체성을 부정한 사례)

③ 사태의 본질을 꿰뚫고 있다.

정체성에 대한 질문은 사람을 당황시킨다.

→ 추석에 친척들이 오지랖을 부리면 정체성에 대한 질문을 던져라.

"~란 무엇인가?"

④ 마지막 부분에 자신의 고민과 문제를 드러내며 재치 있게 끝낸다.

⑤ 다른 경우들에 적용이 가능하다.

ex) 코로나란 무엇인가? 온라인 강의란 무엇인가?

신입생이란 무엇인가?

● 위에서 살펴본 내용을 토대로 위 글의 특징을 분석하는 글을 한 편 써보자.

자유론

존 스튜어트 밀

　나는 이 책에서 자유에 관한 아주 간단명료한 단 하나의 원리를 천명하고자 한다. 이를 통해 사회가 개인에 대해 강제나 통제-법에 따른 물리적 제재 또는 여론의 힘을 통한 도덕적 강권을 가할 수 있는 경우를 최대한 엄격하게 규정하는 것이 이 책의 목적이다. 그 원리는 다음과 같다. 인간 사회에서 누구든-개인이든 집단이든-다른 사람의 행동의 자유를 침해할 수 있는 경우는 오직 한 가지, 자기 보호를 위해 필요할 때 뿐이다. 다른 사람에게 해(harm)를 끼치는 것을 막기 위한 목적이라면 당사자의 의지에 반해 권력이 사용되는 것도 정당하다고 할 수 있다. 이 유일한 경우를 제외하고는 문명사회에서 구성원의 자유를 침해하는 그 어떤 권력의 행사도 정당화될 수 없다. 본인 자신의 물리적 또는 도덕적 이익(good)을 위한다는 명목 아래 간섭하는 것도 일절 허용되지 않는다. 당사자에게 더 좋은 결과를 가져다주거나 더 행복하게 만든다고, 또는 다른 사람이 볼 때 그렇게 하는 것이 현명하거나 옳은 일이라는 이유에서 본인의 의사와 관계없이 무슨 일을 시키거나 금지해서는 안 된다.

　이런 선한 목적에서라면 그 사람에게 충고하고, 논리적으로 따지며, 그 사람을 설득하면 된다. 그것도 아니면 간청할 수도 있다. 그러나 말을 듣지 않는다고 강제하거나 위협을 가해서는 안 된다. 그런 행동을 억지로라도 막지 않으면 다른 사람에게 나쁜 일을 하고 말 것이라는 분명한 근거가 없는 한, 결코 개인의 자유를 침해해서는 안 되는 것이다. 다른 사람에게 영향을 주는 행위에 한해서만 사회가 간섭할 수 있다. 이에 반해 당사자에게만 영향을 미치는 행위에 대해서는 개인이 당연히 절대적인 자유를 누려야 한다. 자기 자신, 즉 자신의 몸이나 정신에 대해서는 각자가 주권자인 것이다.

　이 원리가 정신적으로 성숙한 사람에게만 적용될 수 있다는 사실을 굳이 부연할 필요는 없을 것이다. 지금 우리가 법에서 성인으로 규정한 나이에 미치지 못하는 어린아이나 젊은이들을 대상으로 이야기하고 있는 것은 아니다. 아직 다른 사람의 보호를 받아야 할 처지에 있는 사람들은 외부의 위험 못지않게 자신의 행동에 따른 결과로부터도 보호받아야 마땅하다. (중략)

누군가 다른 사람에게 해가 되는 행동을 한다면 그 사람은 당연히 법에 따라 처벌을 받아야 한다. 적절한 법적 처벌이 어려울 때는 모든 사람으로부터 비난을 받아야 마땅하다. 그런가 하면 우리 모두는 다른 사람에게 도움이 되는 이런저런 일들 이를테면 법적 증언이라든가 자신이 속한 사회의 이익을 위해 필요한 공동 방위나 공동 작업의 일정 부분을 감당하는 일 등을 해야 한다. 그리고 이웃을 위험에서 구해주고 자기 방어 능력이 없는 사람을 악용하지 못하게 간섭하는 등, 자선의 손길을 내미는 일을 회피해서는 안 된다. 마땅히 해야 할 이런 일들을 하지 않는 개인에 대해 사회가 책임을 묻는 것은 당연하다. 또 살다 보면 어떤 행동을 하는 것은 물론이고 하지 않음으로써 남에게 피해를 줄 수도 있다. 어느 경우든 그 피해에 대해 책임을 줄 수밖에 없다. 그러나 후자의 경우, 훨씬 신중하게 그 책임을 물어야 한다. 누구든 다른 사람에게 피해를 주었을 때 그 일에 책임을 지는 것은 당연하다. 그러나 다른 사람이 피해를 입지 않도록 미리 막지 못했다고 책임을 추궁하는 것은 상대적으로 예외적인 일이 되지 않으면 안 된다. 하지만 세상에는 그런 예외를 정당화해 주는 대단히 분명하고 심각한 경우가 숱하게 많다. 대외적으로 모든 개인은 자신이 하는 일에 이해관계를 가진 사람들에 대해, 그리고 필요하다면 그들의 보호자인 사회에 대해 법적 책임을 져야 한다. 그러나 가끔 그런 책임을 지지 않아도 되는 때가 있다. 즉, 사회가 간섭할 권리가 있지만 본인에게 맡겨 두는 것이 훨씬 더 좋은 결과를 가져오거나 사회가 간섭하면 오히려 더 큰 해악을 빚을 위험이 있을 때는 전후사정을 살펴서 가장 유익한 방향으로 결정을 내리는 것이 바람직하다.

사회적 책임을 지지 않아도 되는 이런 경우에는 행위 당사자의 양심이 공법의 빈틈을 메워서 외부의 보호를 받을 수 없는 사람들의 이익을 지키는 데 최선을 다해야 한다. 다시 말해, 이웃 사람들의 판단에 책임을 지지 않아도 되는 만큼 자신에게 더 엄격한 기준을 적용해야 하는 것이다.

그러나 ──개인이 아닌──사회가 아무런 이해관계를 가지고 있지 않거나, 또는 가진다 하더라도 간접적인 이해관계일 뿐인 행동 영역이 있다. 즉, 본인에게만 영향을 주는 어떤 사람의 삶과 행태에 대해 또는 다른 사람에게 영향을 주는 경우라도, 그것이 그들의 자유롭고 자발적인 그리고 속임수가 아니라 동의와 참여 아래 일어난 것이라면 사회가 관여해서는 안 된다. 여기에서 단지 '본인에게만'이라고 말하는 것은 어떤 행위가 낳는 최초의 직접적인 결과를 염두에 둔 것이다. 왜냐하면 그 사람에게 영향을 주는 것은 무엇이든 본인을 통해 다른 사람들에게도 영향을 줄 수 있기 때문이다. 이런 우연한 기회를 통해 생긴 결과에 대해서는 따로 고려해야 할 것이다. 지금까지 말한 이런 것들이 인간 자유의 기본 영역이 된다. 자유의 기본 영역으로 다음의 셋을 생각할 수 있다.

첫째, 내면적 의식의 영역이 있다. 이것은 실제적이거나 사변적인 것, 과학, 도덕, 신학 등 모든 주제에 대해 가장 넓은 의미에서의 양심의 자유, 생각과 감정의 자유, 그리고 절대적인 의견과 주장의 자유를 누려야 한다는 말이다. 의견을 표현하고 출판하는 일은 타인과 관련이 있기 때문에 다른 원칙에 의해 규제를 받아야 할지도 모른다. 그러나 이것도 생각의 자유만큼이나 중요하고 또 생각의 자유를 보호해야 하는 것과 똑같은 이유에서 보호되어야 하므로 이들을 떼어 놓는 것은 실질적으로는 어렵다.

둘째, 사람들은 자신의 기호를 즐기고 자기가 희망하는 것을 추구할 자유를 지녀야 한다. 각각의 개성에 맞게 자기 삶을 설계하고 자기 좋은 대로 살아갈 자유를 누려야 한다. 이러한 일이 남에게 해를 주지 않는 한, 설령 다른 사람의 눈에 어리석거나 잘못되거나 또는 틀린 것으로 보일지라도 그런 이유를 내세워 간섭해서는 안 된다.

셋째, 이러한 개인의 자유에서 이와 똑같은 원리의 적용을 받는 결사의 자유가 도출된다. 다시 말해 타인에게 해가 되지 않는 한, 그리고 강제나 속임수에 의해 억지로 끌려온 경우가 아니라면, 모든 성인이 어떤 목적의 모임이든 자유롭게 결성할 수 있어야 하는 것이다.

어떤 정부 형태를 가지고 있든 이 세 가지 자유가 원칙적으로 존중되지 않는 사회라면 결코 자유로운 사회라고 할 수 없다. 이런 자유를 절대적으로 무조건적으로 누릴 수 있어야 완벽하게 자유로운 사회라고 할 수 있는 것이다. 자유 가운데서도 가장 소중하고 또 유일하게 자유라는 이름으로 불릴 수 있는 것은 다른 사람의 자유를 박탈하거나 자유를 얻기 위한 노력을 방해하지 않는 한, 각자 자신의 원하는 대로 자신의 삶을 꾸려 나가는 자유이다. 우리의 육체나 정신, 영혼의 건강을 보위하는 최고의 적임자는 누구인가? 그것은 바로 각 개인 자신이다. 우리는 자신에게 도움이 된다고 생각하는 방향으로 자기식대로 인생을 살아가다 일이 잘못돼 고통을 당할 수도 있다. 그러나 설령 그런 결과를 맞이하더라도 자신이 선택한 길을 가게 되면 다른 사람이 좋다고 생각하는 길을 억지로 끌려가는 것보다 궁극적으로는 더 많은 것을 얻게 된다. 인간은 바로 그런 존재이다.

존 스튜어트 밀, 서병훈 역, 『자유론』, 책세상, 2005, 30-36쪽.

● 위 글의 중심내용을 분석해보자.

● 분석한 내용을 토대로 이 글의 내용과 전개 방식을 분석해보자.

① 자유의 가장 기본적인 원리를 직접적으로 천명하고 그에 대해서 부연설명하고 있다.

② 자유의 원리가 적용될 수 있는 대상에 대해서도 밝히고 있다.

③ 자유와 관련한 문제에 있어 가능한 경우들을 상정해두고 각각의 상황에 대해 점검하고 언급한 후, 자유의 원칙에 대한 설명을 진전시켜 나가고 있다.

④ 자유의 기본 영역을 셋으로 나누고 각각에 대해 설명하고 있다.

● 위에서 살펴본 내용을 토대로 위 글의 특징을 분석하는 글을 한 편 써보자.

• 학습활동 3 •

동백꽃

김유정

오늘도 또 우리 수탉이 막 쫓기었다. 내가 점심을 먹고 나무를 하러 갈 양으로 나올 때이었다. 산으로 올라서려니까 등뒤에서 푸르득푸드득, 하고 닭의 횃소리가 야단이다. 깜짝 놀라서 고개를 돌려보니 아니나다르랴, 두 놈이 또 얼리었다.

점순네 수탉(은 대강이가 크고 똑 오소리같이 실팍하게 생긴 놈)이 덩저리 작은 우리 수탉을 함부로 해내는 것이다. 그것도 그냥 해내는 것이 아니라 푸드득 하고 면두를 쪼고 물러섰다가 좀 사이를 두고 또 푸드득 하고 모가지를 쪼았다. 이렇게 멋을 부려 가며 여지없이 닦아 놓는다. 그러면 이 못생긴 것은 쪼일 적마다 주둥이로 땅을 받으며 그 비명이 킥, 킥 할 뿐이다. 물론 미처 아물지도 않은 면두를 또 쪼이어 붉은 선혈은 뚝뚝 떨어진다.

이걸 가만히 내려다보자니 내 대강이가 터져서 피가 흐르는 것같이 두 눈에서 불이 번쩍 난다. 대뜸 지게 막대기를 메고 달려들어 점순네 닭을 후려칠까 하다가 생각을 고쳐 먹고 헛매질로 떼어만 놓았다.

이번에도 점순이가 쌈을 붙여 났을 것이다. 바짝바짝 내 기를 올리느라고 그랬음에 틀림없을 것이다. 고놈의 계집애가 요새로 들어서 왜 나를 못 먹겠다고 그렇게 아르렁거리는지 모른다. 나흘 전 감자 조각만 하더라도 나는 저에게 조금도 잘못한 것은 없다.

계집애가 나물을 캐러 가면 갔지 남 울타리 엮는 데 쌩이질을 하는 것은 다 뭐냐. 그것도 발소리를 죽여 가지고 등뒤로 살며시 와서,

"얘! 너 혼자만 일하니?" 하고 긴치 않은 수작을 하는 것이다.

어제까지도 저와 나는 이야기도 잘 않고 서로 만나도 본 척 만 척하고 이렇게 점잖게 지내던 터이련만 오늘로 갑작스레 대견해졌음은 웬일인가. 황차 망아지만한 계집애가 남 일하는 놈보구.

"그럼 혼자 하지 떠루 하디?"
내가 이렇게 내배앝는 소리를 하니까,

"너 일하기 좋니?"

또는,

"한여름이나 되거든 하지 벌써 울타리를 하니?"

잔소리를 두루 늘어놓다가 남이 들을까 봐 손으로 입을 틀어막고는 그 속에서 깔깔댄다. 별로 우스울 것도 없는데 날씨가 풀리더니 이놈의 계집애가 미쳤나 하고 의심하였다. 게다가 조금 뒤에는 제 집께를 할금할금 돌아보더니 행주치마의 속으로 꼈던 바른손을 뽑아서 나의 턱밑으로 불쑥 내미는 것이다. 언제 구웠는지 아직도 더운 김이 홱 끼치는 굵은 감자 세 개가 손에 뿌듯이 쥐였다.

"느 집엔 이거 없지?"

하고 생색 있는 큰소리를 하고는 제가 준 것을 남이 알면은 큰일날 테니 여기서 얼른 먹어 버리란다. 그리고 또 하는 소리가,

"너 봄감자가 맛있단다."

"난 감자 안 먹는다, 너나 먹어라."

나는 고개도 돌리려지 않고 일하던 손으로 그 감자를 도로 어깨너머로 쑥 밀어 버렸다. 그랬더니 그래도 가는 기색이 없고 뿐만 아니라 쌔근쌔근 하고 심상치 않게 숨소리가 점점 거칠어진다. 이건 또 뭐야, 싶어서 그때서야 비로소 돌아다보니 나는 참으로 놀랐다. 우리가 이 동리에 들어온 것은 근 삼 년째 되어 오지만 여태껏 가무잡잡한 점순이의 얼굴이 이렇게까지 홍당무처럼 새빨개진 법이 없었다. 게다 눈에 독을 올리고 한참 나를 요렇게 쏘아보더니 나중에는 눈물까지 어리는 것이 아니냐. 그리고 바구니를 다시 집어 들더니 이를 꼭 악물고는 엎어질 듯 자빠질 듯 논둑으로 횡허케 달아나는 것이다.

김유정, 유인순 책임편집, 『동백꽃』, 296-298쪽.

● 위 글의 중심내용을 파악해보자.

● 이 글에 드러난 '나'와 '점순이'의 갈등의 이유를 분석해보자.
  (나와 점순이의 대화 장면에서 드러나는 갈등이 무엇인지 생각해보자.)

● 위에서 살펴본 내용을 토대로 위 글에 드러난 '나'와 '점순이'의 갈등을 분석하는 글을 써보자.

1) 비판적 읽기의 개념과 목적

비판적 읽기는 글의 정확성, 객관성, 타당성, 효용성 등을 독자가 스스로 판단하면서 읽는 것이다. 글의 주장이나 진위여부를 판단하면서 읽어야 하는 경우가 있는 데, 이때 우리는 필자의 주장이 옳은지, 논증의 방식이 타당하고 논리적인지, 제시된 자료는 적절하고 믿을 만한지 등을 평가하면서 글을 읽어야 한다. 비판적인 독서는 단순히 내용을 이해하는 수준의 읽기가 아니라 한 차원 높은 고급 독서 활동이다. 비판적 독서를 하기 위해서는 비판적 사고 능력이 필요하다. 비판적 사고력은 평소에 옳다고 받아들여지는 사실이나 의견에 대해 의문을 제기하는 태도를 지닐 때 신장될 수 있다. 글을 읽는 과정에서 문제의 핵심에서 벗어나지 않도록 주의를 집중하고 지엽적인 문제에 매달려서 흐름을 놓치는 일이 없도록 해야 한다. 또한 자신의 견해가 편협하거나 주관적인 것이 아닌지 스스로 반성해 볼 필요도 있다. 남의 주장뿐만 아니라 자신의 주장에 대해서도 논리적인 오류나 반박 가능성이 없는지를 끊임없이 점검하는 과정을 통해 비판적 사고는 형성된다.

2) 비판적 읽기의 방법

한 편의 글은 그 글이 주장하는 바의 중심내용과 그것을 뒷받침하는 이유나 근거로 이루어져 있다. 비판적 읽기에서 가장 주되게 이루어지는 활동은 그러한 주장과 근거의 타당성을 판단하면서 읽는 것이다.

이유는 근거와 다르다. 이유가 판단과 의견을 드러낸 것이라면 근거는 아래와 같이 이러한 이유를 뒷받침할 수 있는 객관적인 데이터나 객관적인 사실을 말한다.

이유	판단과 의견
근거	이유를 뒷받침할 수 있는 객관적인 데이터나 객관적인 사실

실제 아래와 같은 한 편의 글에서 이유와 근거를 구분해보자.

청년 실업문제를 해결하기 위해 국가는 적극적인 노력을 해야 한다. 최근 코로나로 인해 경제상황이 악화되면서 취업률 또한 날이 갈수록 감소하고 있다. 경제당국의 조사 결과에 따르면 현재 취업시장에 진입한 청년지원자들의 취업률이 전해보다 5% 감소했다고 한다. 그럼에도 불구하고 코로나로 인해 산업경제가 마비되고 적절하게 돌아가지 않는 부분이 많은데도 그에 대한 적절한 지원정책이 마련되고 있지 않고 있다. 2021년 현재 청년 고용률은 45.1%이고, 청년 취업자는 391만 7천명이다. 이러한 상황은 전반적인 취업률에도 심각한 영향을 미치고 있다. 같은 조사 결과에 따르면 코로나 상황 이후 제안된 청년 고용정책의 제안율은 30%로서 동일하게 유지되고 있으며, 21년 현재 실업률은 60.4%로서 전 해에 비해 6% 감소했다.

이 글에서 주장과 근거, 이유를 구분해보면 다음과 같다.

청년 실업문제를 해결하기 위해 국가는 적극적인 노력을 해야 한다.(주장) 최근 코로나로 인해 경제상황이 악화되면서 취업률 또한 날이 갈수록 감소하고 있다.(이유1) 경제당국의 조사 결과에 따르면 현재 취업시장에 진입한 청년지원자들의 취업률이 전해보다 5% 감소했다고 한다.(근거1) 그럼에도 불구하고 코로나로 인해 산업경제가 마비되고 적절하게 돌아가지 않는 부분이 많은데도 그에 대한 적절한 지원정책이 마련되고 있지 않고 있다.(이유2) 2021년 현재 청년 고용률은 45.1%이고, 청년 취업자는 391만 7천명이다.(근거2) 이러한 상황은 전반적인 취업률에도 심각한 영향을 미치고 있다. (이유3) 같은 조사 결과에 따르면 코로나 상황 이후 제안된 청년 고용정책의 제안율은 30%로서 동일하게 유지되고 있으며, 21년 현재 실업률은 60.4%로서 전 해에 비해 6% 감소했다.(근거3)

비판적 읽기에 있어서는 주장과 그것을 뒷받침하는 이유와 근거의 타당성을 판단하면서 읽어야 한다. 위의 글의 경우라면 청년 실업문제를 해결하기 위해 국가가 적극적인 노력을 해야 한다는 주장이 타당한지, 각각의 이유와 그와 관련하여 제시한 근거가 적절한지를 판단하며 읽어야 하는 것이다.

이러한 비판적 읽기는 좀 더 구체적으로 다음과 같이 내용의 타당성, 관점의 공정성, 표현의 타당성, 필자 의도나 사회문화적 이념에 대해 판단하는 과정에서 이루어진다.

첫째, 내용의 타당성을 판단하면서 읽는다.

내용의 타당성이란, 글에 나타난 주장이 합리적이고 이를 뒷받침하는 근거가 정확한지를 말한다. 글을 읽을 때 글에 제시된 주장에 논리적 비약은 없는지, 근거가 사실에 부합하는지 등을 따져 가며 읽어야 한다.

둘째, 관점의 공정성을 판단하면서 읽는다.

관점의 공정성이란, 글의 내용이 어느 한쪽으로 치우치지 않고 균형적으로 접근하고 있는지를 말한다. 글에 담긴 글쓴이의 관점이 객관적이고 균형잡힌 시각인지 판단하며 읽어야 한다.

셋째, 표현의 타당성을 판단하면서 읽는다.

글쓴이는 내용을 효과적으로 전달하기 위해 다양한 표현방법을 사용한다.

표현의 타당성을 판단하면서 읽는 것은 글에 과장된 표현이나 사실을 왜곡하는 표현은 없는지 헤아리며 읽어야 한다는 것이다.

넷째, 필자의 의도나 사회문화적 이념을 비판하면서 읽는다.

끝으로 글쓴이의 진정한 의도나 사회·문화적 이념이 어떤 것인지 파악하며 읽어야 한다. 글쓴이의 의도에 공감하지 않는 부분이 있으면 논리적으로 따져보아야 하며, 글에 담긴 사회 · 문화적 이념이 올바른가에 대해서도 따져 가며 읽어야 한다.

이러한 점들을 반영하여 비판적 읽기를 위한 질문들을 제시하면 다음과 같다.

- 글쓴이의 주장은 결국 무엇이지?
- 글쓴이의 주장은 뒷받침할 근거가 충분한가?
- 글쓴이는 의견과 사실을 구별하고 있는가?
- 글쓴이가 말한 것들 중에서 서로 모순되는 것은 없나?
- 글쓴이가 쓴 용어는 정확한가? 그 용어의 의미가 다른 글들에서 쓰는 것과 같은가? 혹 편견이 개입되지는 않았는가?
- 글쓴이는 통계를 적절하게 인용하고 있는가? 혹시 일부를 과장하거나 전체 결과를 왜곡하지는 않았는가?
- 글쓴이가 가정한 것은 충분히 수용할 만한가?
- 글쓴이가 동의하거나 동의하지 않는다고 밝힌 것은 그 근거가 충분한가?
- 글쓴이가 든 사례들은 적절한가? 시대 · 사회문화 · 논리 등에서 관련성이 부족하진 않은가?

다음은 "아프니까 청춘이다"라는 글이다. 이 글에 드러난 글쓴이의 시각과 관점에 대해서는 여러 가지 비판들이 있어왔다. 이 글을 대상으로 비판적 읽기의 방법을 실제로 적용해보자.

죽도록 힘든 네 오늘도,
누군가에게는 염원이다

김난도

여름 밤 야외음식점 같은 곳에 가보면 밝은 빛을 내서 나방들을 유인한 뒤 전기충격으로 죽게 만드는 장치가 있다. 밑에 사체(死體)가 즐비하고 쉼 없이 지지직 소리를 내며 동료들이 타들어가고 있는데도, 수많은 나방들은 불빛을 향해 돌진한다. '주광 현상'이다. 목숨을 잃을지언정, 빛을 보면 숙명처럼 달려들게 되어 있다는 것이다.

인도네시아의 어느 원주민은 원숭이를 사냥할 때 재미있는 방법을 쓴다고 들었다. 손을 펴서 넣으면 들어가고, 주먹을 쥐면 빠져나갈 수 없는 크기의 주둥이를 가진 항아리 안에 음식을 넣어두면 된단다. 원숭이들이 달려와 항아리 속에 손을 넣어 먹이를 꺼내려고 하지만 주둥이가 좁아 먹이를 쥔 채로 손을 빼낼 수는 없다. 먹이를 포기하면 손을 뺄 수 있지만 그것을 포기하지 못해 항아리 속에 손을 넣은 채로 떠나지 못하고 있다가, 원주민에게 잡혀간다는 것이다.

나는 불빛 때문에 타 죽은 나방이나 항아리 안의 먹이를 쥔 채 잡혀가는 원숭이들이 참 어리석다고 생각했다. 하지만 돌이켜보니 우리도 전혀 다르지 않다. 아니, 어쩌면 더할지도 모른다. 욕망의 빛을 향해 달려들다가, 소유를 위해 꽉 움켜쥔 주먹을 펴고 버리지 못하다가, 일생을 망치는 사람들이 얼마나 많은가.

모든 죽음이 그렇겠지만, 성공한 사람들이 스스로 목숨을 끊었다는 소식은 더욱 우리를 당혹스럽게 한다. 남부럽지 않은 명성이나 돈, 혹은 권력을 가졌던 유명인사가 그리했다는 소식을 접하면, 그런 큰 성공의 근처에도 가보지 못한 우리로서는 허탈하기까지 하다. 언론에서는 늘 이런저런 분석을 하지만, 그 결과가 무엇이든 결국 명예나 돈이나 권력이 사람을 진정으로 행복하게 하는 것은 아니라는 사실은 분명한 것 같다.

요즘 '행복'이 화두이다. 이건 조금 놀라운 변화다. 대한민국은 세계에서 유래를 찾아보기 힘들 정도로 가장 빨리 성장한 나라다. 모든 국민이 더 많은 돈, 더 많은 권력, 더 많은 성취를 위해 앞만 보고 달려온 끝에 다른 어떤 나라도 해내지 못한 고도성장을 단기간에 이룩했다. 그동안 '행복'이라는 단어는 사치였다. 성공하면 그게 바로 행복해지는 것이라고 다들 믿었다. 그런데 그게 아니었다는 깨달음이 커지고 있는 것이다. 행복을 이야기하는 사람들이 부쩍 늘었다. 개그 프로그램에서 "우리 행복해집시다!"를 외치는 행복전도사가 있을 정도다.

그렇다면 그대, 지금 행복한가?

자신있게 '그렇다'고 답할 수 있는 사람이 많지는 않을 듯하다. 사실 행복이란 굉장히 유동적인 개념이다. 아니, 개념이라기보다는 '상태'다. 인간은 이미 가지고 있는 것에 대해서는 만족을 느끼지 못하기 때문에, 아무리 행복한 요소를 많이 가지고 있더라도 시간이 지나면 그것들은 더 이상 행복감을 주지 못한다.

또 행복이란 매우 상대적이다. 그냥 얼마나 많이 가졌느냐가 아니라, 남보다 얼마나 더 많으냐가 훨씬 중요하다. 비교를 할 때에도 자기보다 남의 행복을 과대평가하는 경향이 있다. 자기가 가진 것은 과소평가하고 남이 가진 것에 초점을 맞추어 판단하는 것을 초점주의라 부른다. 우리는 종종 초점주의에 빠져 자기 스스로를 필요 이상으로 불행하다고 진단하고, 의기소침해한다.

이러한 여러 가지 이유로 '나는 행복하다'고 느끼는 사람은 많지 않다. 아주 많이 가진 사람도 행복하다고 느끼기 쉽지 않다. 계속해서 많이 가져야 하고, 주변보다 더 많이 가져야 하기 때문이다. 오죽하면, '행복이란, 불행해서 되돌아볼 때만 알 수 있는 것'이라는 말이 있을까.

많은 청춘들이 힘들어한다. 기대는 하늘을 찌를 듯한데, 취업의 불확실성은 높아져만 간다. 사회는 '만인 대 만인의 경쟁'으로 치닫는데, 내 스펙으로 이렇게 가다가는 영원히 낙오해버릴 것만 같다. 오늘을 사는 청춘이라면 이 불안과 고단함에서 누구도 자유롭지 못할 것이다.

그렇다면, 그대, 힘든가? 불행하다고 느끼는가?
'힘들거든 자기보다 못한 사람들을 내려다보고, 잘나간다 싶거든 자기보다 높은 사람을 올려다보라'고 한다. 힘들다고 좌절하지 말고, 잘나간다고 교만하지 말라는 의미일 것이다.

실제로 고개를 돌려 주위를 돌아보라. 아직도 우리 사회에는 그대의 좌절조차 부러워하는 사람들이 많다. 연로하신 어르신들이 검정고시를 치르고 수능을 준비하며 만학의 꿈을 불태운다. 해마다 수능 결시율이 5%가 넘는데, 그 상당 부분은 이런 분들이 결국엔 시험장에도 오지 못해서 생기는 일이다. 불가피한 이유로 자기 꿈을 접으며 배움을 포기해야 했던 수많은 인생을 생각하라. 생활고에 쫓겨 스펙은커녕 생존을 걱정해야 하는 사람들이 여전히 너무도 많다. 우리 주위에는 언론의 주목조차 받지 못하는 수많은 어둠의 공간들이 있다. 이들에게는 그대들의 힘겨운 오늘이, 자신은 한 번도 누려보지 못한 호사일 수 있다.

일본의 대표적 경영자 마쓰시타 고노스케가 이렇게 말했다.
"감옥과 수도원의 차이는 불평을 하느냐 감사를 하느냐에 달려있다."
그렇다. 감사에 행복의 길이 있다. 혹시라도 그대가 깊은 나락에서 좌절할 수밖에 없을 때가 오면, 이 한마디를 기억해줬으면 좋겠다.
죽고 싶도록 힘든 오늘의 그대 일상이, 그 어느 누군가에게는 간절히 염원한 하루라는 것을.

김난도, 『아프니까 청춘이다: 인생 앞에 홀로 선 젊은 그대에게』, 쌤앤파커스, 2010, 132-136쪽.

첫째, 위 글에 드러난 주장과 근거를 찾아서 정리해보면 다음과 같다.

주장: 요즘 청춘들에게 오늘날의 현실은 힘들지만 더 어려운 사람들이 있다는 것을 알고 좌절하지 말아야 한다.

근거 1: 행복이란 상대적인 것이다.

근거 2: 주위를 둘러보면 요즘 청년들의 좌절조차 부러워할 사람들이 많이 있다. (연로하신 어른들, 생활고에 어려움을 겪는 사람들)

둘째, 살펴본 주장에 대한 근거의 타당성을 검토해본다.

이 글에서 주장하고 있는 것은 오늘날 경쟁사회 속을 살아가야 하는 청춘들이 불안과 고단함에서 힘들어 하는 것이 사실이지만 그러한 좌절조차 하기 어려운 사람들이 있기 때문에 좌절하거나 힘들어하지 말아야 한다는 주장을 하고 있다.

이러한 주장에 대한 근거로서 제시한 (근거1)의 행복이란 상대적인 것이라는 내용에는 수긍할 수 있다. 사회적 명성을 얻고 큰 재산을 축적한 사람도 자살하는 것을 보면 큰 부와 명예를 가진다고 해서 행복한 것도 아니고 어떤 사람에게는 행복으로 느껴지는 것이 다른 사람에게는 그렇지 않게 느껴질 수 있다는 것이다.

그런데 그렇다고 해서 (근거2)의 주위를 둘러보면 요즘 더 어려운 사람들이 있기 때문에 그들을 보아서 좌절하지 말고 행복하게 여겨야 한다는 주장은 적절하지 못한 측면이 있다. 사회경제적으로 많은 사람들이 어려움에 처해 있고, 그들의 공통된 어려움이 실제적인 것이라면 더 어려운 상황의 사람도 있으니 나는 괜찮다고 스스로를 위안하기보다는, 이렇게 사람들의 어려움을 초래하는 사회적 요인을 파악하여 적극적으로 문제를 제기하고 해결책을 모색해야 한다. 나보다 더 어려운 사람을 보고 좌절하지 않고 그래도 자신이 행복함을 자각하라는 주장은, 청년문제라는 사회적 문제를 개인이 감내해야 할 문제로만 파악하고 상대적 행복 차원에서 수용하기를 요구한다는 측면에서 비판할 지점이 있다.

셋째, 글이 기본적으로 전제하고 있는 가정, 이데올로기나 사회문화적 이념에 대해 검토해본다.

위와 같은 비판은 이 글이 기본적으로 전제하고 있는 생각과도 관련된다. 이 글에서는 오늘날 젊은 세대들이 처한 상황을 언급하면서 이러한 상황을 적극적으로 개선해야 할 사회적 문제로 보기보다는 개인적 차원에서 더 어려운 사람들을 보며 청년 개인들이 감내해야 할 개인적인 문제로 치부하고 있다. 그러나 고학력, 고스펙 사회에서 살아남기 위해 고군분투해야 하는 청년문제는 청년 개개인이 어쩔 수 없는 현상으로서 받아들이고 감내해야 할 문제가 아니라 사회 변화를 통해 적극적으로 해결해야 할 과제이다.

결국 이는 오늘날 청년문제의 현실과 상황이 수용할 만한 것이고, 어려움을 겪는 사람들이 있더라도 개인적 차원에서 수용하고 감당함으로써 유지되어도 괜찮은 것이라는 생각을 전제하고 있는 것이다. 바람직하고 발전적인 방향으로 사회를 이끌어나가기 위해서는 문제를 파악하고 이를 개선하려는 노력이 필요한데, 이 글에서는 그러한 사회 문제를 개인의 문제로 치부함과 동시에 개선의 방법에 대해 적극적으로 이야기하기보다는 더 힘든 사람들도 있으니까 각자가 이러한 문제적인 상황을 수용할 수 있도록 노력하자는 식의 이야기를 하고 있다. 이러한 주장과 설명의 기저에는 이러한 청년문제가 그다지 심각하지 않고 수용할 만한 것이며, 청춘의 시기라는 것이 원래 아프고 흔들리는 시기이므로 문제삼을 것이 없다는 생각이 자리하고 있다. 청년들이 자신들의 문제를 자각하고 해결하도록 하기보다 현실을 나름대로 긍정하고 행복으로 받아들이라는 것은 오늘날 청년문제가 얼마나 심각하고 그로 인해 청년들의 삶이 얼마나 고통스러운 것인가에 대한 이해 부족에서 기인하는 발언일 가능성이 높다.

이처럼 글이 제시하는 주장과 이유의 타당성, 기본적으로 전제하는 가정의 측면에서 종합적으로 검토해볼 때 이 글은 비판할 지점이 있다.

이 텍스트를 비판적으로 읽어보는 과정에서 드러나듯이, 글쓴이의 주장과 근거가 무엇인지를 정확하게 파악하고, 그 주장과 근거, 그리고 전제의 타당성을 종합적이고 다각적으로 따져보는 것이 비판적 읽기를 수행하는 주된 방법이라 할 수 있다.

• 학습활동 1 •

열하일기

박지원

집은 오로지 벽돌로만 의존하여 짓는다. 벽돌이란 흙으로 구워 만든 돌을 말한다. 길이는 한 자, 폭은 다섯 치이고, 가지런히 포개면 네모반듯하고 두께는 두 치이다. 하나의 틀에서 찍어 내지만 벽돌귀가 떨어진 것, 모서리가 닳아빠진 것, 몸체가 휜 것 등은 꺼려서 사용하지 않는다. 한 장이라고 꺼리는 벽돌을 사용했다간 집 전체를 망치게 된다. 그래서 한 틀에서 찍어 낸 벽돌이라도 들쭉날쭉할까 걱정이 되어 반드시 자로 재어 보고, 이상이 있는 놈은 자귀로 깎고 숫돌로 갈아 힘써 가지런하게 만드니 만 장의 벽돌이라도 모양이 일정하다.

벽돌을 쌓는 법은 한 번은 세로로 한 번은 가로로 배열하여 마치 주역의 감괘와 이괘 모양을 저절로 이루고, 그 사이 간격은 석회를 종이처럼 얇게 하여 겨우 붙을 정도로만 때워서 봉합한 흔적이 실처럼 얇다. 석회를 반죽할 때는 거친 모래를 섞지 않고 차진 흙도 피한다. 모래가 너무 굵으면 붙지 않고 너무 차져도 쉽게 갈라져, 반드시 검고 약간 기름기가 있는 흙을 취해서 같은 양의 회를 섞는데, 그 빛깔이 거무튀튀하여 금방 구워 낸 기와와 같다. 대개 그 성질이 너무 차지거나 바스러지지 않음을 취하고 그 빛깔과 바탕의 순수함을 취하려는 것이다.

또한 어저귀 줄기를 털처럼 잘게 썰어서 섞는데, 우리나라에서 흙손질하는 미장이가 흙에 말똥을 함께 개는 것과 같아서 질기면서도 터지지 않게 하려는 것이다. 또 오동나무 기름을 타서 우유처럼 매끄럽게 하는데, 아교처럼 붙어서 갈라지지 않게 하려는 것이다.

기와를 이는 법은 더더욱 본받을 만하다. 기와의 모양은 통대나무를 네 쪽으로 쪼갠 것 중의 하나와 같은데, 흡사 두 손바닥을 합한 것과 같은 정도의 크기이다. 민가에서는 원앙기와(짝기와)를 사용하지 않으며, 서까래 위에 얼기설기 나무를 엮지 않고 여러 겹의 갈대자리를 곧바로 깔고 기와를 덮으며, 자리에는 진흙을 깔지 않는다. 하나는 위에서 보게 하고 하나는 엎어서 서로 암수가 되게 하며, 기와와 기와의 틈새는 석회 진흙으로 때운다. 물고기 비늘처럼 층계가 지고 아교처럼 붙는다. 그래서 참새나 쥐가 뚫는 폐단이나 위가 무겁고 아래가 허한 가옥의 문제점이 없어진다.

우리나라 기와 이는 법은 이와 완전히 다르다. 지붕에 진흙을 두텁게 깔아 위가 무겁고 담벼락은 벽돌을 쌓지 않아서 네 기둥이 의지할 수 없기 때문에 아래가 허하다. 기왓장은 너무 무거와 지나치게 굽었고, 그렇기 때문에 본래부터 빈 구멍이 많이 생겨 부득불 진흙으로 메우지 않을 수 없다. 진흙이 무겁게 내려 누르기 때문에 진작부터 용마루가 휠까 걱정이 생긴다. 진흙이 한번 말라 버리면 기와의 바닥이 절로 뜨게 되어 비늘처럼 깔린 기와들이 뒤로 밀려나, 드디어 틈새가 벌어져 바람이 통하고 비가 새며, 새가 뚫고 쥐가 갉으며, 뱀이 똬리를 틀고 고양이가 뒤집는 근심을 막을 수 없게 된다.

요컨대, 집을 짓는데 벽돌을 쓰는 것이 가장 훌륭하다. 비단 담을 높이 쌓을 수 있을 뿐만 아니라 실내외를 모두 벽돌을 깔고 넓은 뜰을 모두 벽돌로 깔아서, 눈에 보이는 것이 반듯반듯 바둑판 줄을 그어 놓은 것 같다. 집이 벽에 기대어 위는 가볍고 아래는 완전하며 기둥은 벽 속에 들어 있어 풍우를 겪지 않는다. 당연 불이 번질 것을 겁낼 것이 없고, 좀도둑을 겁낼 필요도 없다. 더군다나 참새, 쥐, 뱀, 고양이의 염려가 근절된다. 한번 정중앙의 문을 닫아 걸면 절로 성벽의 보류가 되어 방안의 물건들은 마치 궤짝 속에 감춰 둔 것과 같아진다. 이로써 볼진대, 허다하게 토목을 쓸 필요도 없고 야장장이와 미장이를 번거롭게 할 것도 없이 기와 한번 구워 내면 집은 이미 다 완성된 셈이다.(중략)

정오가 되자 작열하는 태양이 내리쪼여 숨이 턱턱 막혀 오래 머물 수가 없었다. 그래서 정 진사와 나와서 서로 앞서거니 뒤서거니 하며 갔다. 내가 정 진사에게

　　"성을 쌓은 제도가 어떻던가?"

하고 물으니 정 진사는,

　　"벽돌이 돌보단 못하죠."

하기에 나는,

　　"자네가 모르고 있네. 우리나라 성 쌓는 제도가 벽돌을 쓰지 않고 돌을 쓰는 것은 좋은 방책이 아닐세. 대저 벽돌이란 하나의 틀에서 찍어 낸즉 만 개의 벽돌이라도 모양이 같으니 다시 힘들여 갈고 쪼는 공을 들일 필요도 없고 가마 하나를 구워 놓으면 수많은 벽돌을 가만히 앉아서 얻을 수 있으니 다시 인부를 모집해 벽돌을 옮길 수고를 할 필요가 없네. 크기가 균일하고 네모반듯하여 들이는 힘은 줄고 얻는 공은 배가 되니, 가볍게 옮기고 쉽게 쌓을 수 잇는 것으로 벽돌만 한 것이 없네.

지금 저 돌을 산에서 쪼개어 내려면 몇 명의 석수장이를 마땅히 써야 할 것이며, 수레로 옮기려면 몇 명의 인부를 써야 하며, 이미 옮긴 뒤에도 또 몇 명의 장인바치들을 동원

해서 쪼고 다듬을 것인가? 쪼고 다듬을 공력은 또다시 며칠이나 허비할 것이며, 쌓을 때에도 돌 하나를 놓는 공력에 또 몇 명의 인부를 써야 하는가? 그리고 성을 쌓자면 벼랑을 깎아서 돌을 입히게 되니, 이야말로 흙의 살에 돌의 옷을 입히는 꼴이네.

돌로 쌓은 성은 겉보기에는 준엄하고 단정해 보이지만 속으로는 실상 위태위태하네. 돌이 들쭉날쭉 가지런하지 않으니 항상 작은 돌로 끝짜락을 괴게 되고, 벼랑과 성 사이의 틈은 부스러기 자갈돌을 채워 넣고 진흙을 섞게 되니, 장마라도 한번 지나가면 속의 돌이나 진흙이 쓸려 나와 내장은 텅 비고 성벽은 배가 볼록해져, 돌 하나라도 성글어 빠지게 되면 모든 돌이 다투어 와르르 무너질 것이니, 이는 너무도 쉽게 볼 수 있는 상황이네. 게다가 석회의 성질이란 벽돌에는 잘 붙지만 돌에는 능히 붙을 수가 없네.

내가 언젠가 차수 박제가와 성의 제도에 대해 논하고 있었는데, 어떤 자가 '벽돌의 견고하고 굳셈이 어찌 능히 돌을 감당할 수 있으리오?'
하니 차수가 버럭 소리를 지르며,
'벽돌이 돌보다 낫다고 하는 말이 어찌 벽돌 한 개와 돌 한 개 만을 비교해서 말하는 것이겠느냐?'
하였는데, 이 말이야말로 촌철살인의 논의였네.

요컨대, 석회는 돌에 잘 붙지 않으니 석회를 많이 사용하면 할수록 더욱 터지고 갈라져 돌을 밀어내고 들떠 일어나게 되기 때문에 돌은 항상 저 혼자 떨어져 있고 석회에는 흙만 붙어 굳어 버릴 뿐이네. 벽돌을 회로 붙이면 마치 아교풀로 나무를 접합하고 붕사(접착제)로 쇳덩이를 이어 놓은 것 같아서, 만 개의 벽돌이 엉겨 붙어 아교처럼 하나의 성을 이루게 된다네.

그러므로 벽돌 하나의 견고함은 진실로 돌만 같지 못하지만 돌 하나의 견고함은 또한 만 개의 벽돌이 아교처럼 붙은 것에는 따라갈 수 없는 걸세. 이것이 벽돌과 돌의 이롭고 해로움과 편리함을 쉽게 분별할 수 있는 까닭이네."
라고 하였다.

정 진사는 말 위에 구부정하게 앉아서 금방이라도 꼬꾸라질 것 같은데, 졸고 있은 지이미 오래되었다. 내가 부채로 정 진사의 옆구리를 찌르며,
"어른이 말씀하시는데 어찌하여 듣지 않고 졸고 있는게요?"
라며 크게 야단을 쳤더니 정 진사는 웃으며,
"제가 이미 죄다 들었습지요. 벽돌은 돌만 못하고, 돌은 잠자는 것만 못합니다."

박지원, 김혈조 역, 『열하일기』, 보리, 2004, 79-91쪽.

- 위 글에서 박지원이 주장하는 바와 그 근거를 아래에 정리해보자.

주장:

근거:

–

–

–

–

- 위 글의 관점과 제시하는 근거의 타당성에 대해 친구들과 토론해보자.

- 위에서 파악한 비판적 읽기의 결과를 토대로 위의 글에 대해 비판하는 글을 써보자.

- 박지원이 이와 같은 글을 쓰게 된 사회문화적 배경을 조사하여 발표해보자.

· 학습활동 2 ·

시험도 숙제도 없는 학교, 섬머힐

A. S. 니일

아마 섬머힐은 세상에서 제일 행복한 학생들을 데리고 있는지도 모른다. 섬머힐에는 빈둥거리는 사람이 없고 향수병이 생기는 일도 매우 드물다. 치고받는 싸움이 일어나는 경우는 아주 드물지만 다투는 일들은 가끔 있다. 그러나 우리들이 '젊은이들에게는 있을

법한 일'이라고 결론을 내렸던, 소위 합법적으로 치유받고 싸우는 일들은 본 일이 거의 없다. 또한 어린이가 우는 것을 본 일도 드물다. 자유로운 어린이들에게는 억눌려 있는 어린이들에게서처럼 미움이 많이 쌓여 있지 않기 때문이다. 미움은 미움을 낳고 사랑은 사랑을 낳는다. 사랑을 받는 어린이는 인정감을 갖고 있는데 이것은 어느 학교에서나 다 중요한 것이다. 어린이들은 벌하고 욕하면 어린이들 편에 설 수가 없다. 섬머힐은 어린이들이 스스로가 인정받고 있다고 느낄 수 있는 학교다.

물론 이것은 우리들이 인간적인 약점을 초월했다고 하는 뜻은 아니다. 나는 어느 해 봄에 몇 주일을 감자를 심으며 지낸 일이 있다. 그 뒤 유월에 감자 싹 여덟 포기가 뽑혀 있는 것을 보고 한바탕 소동을 벌였다. 그러나 내 행동은 어떤 권위적인 교육자가 한 행동과는 매우 달랐다. 나에게는 감자만이 문제였다. 그러나 이와 반대로 권위를 내세우는 교사는 이런 사건에서 선악의 문제를 제기하는지도 모를 일이다. 이런 짓을 한 학생도 나에게서 '도둑질을 하지 말라'고 하는 따위의 설교를 듣지는 않는다. 나에게는 나의 감자만 문제이고 이 감자들이 그대로 있기만 하면 그걸로 족하다. 나는 이런 구별이 명확하길 바랄 뿐이다.

달리 표현하자면, 어린이들에게 나는 사람들이 두려워하는 그런 권위 기관이 아니다. 나는 어린이들과 같은 위치에 있으며 내가 감자 때문에 야단법석을 떨었을 때 학생들은 어떤 학생이 자전거의 튜브가 빵구 났다고 흥분하는 것 이상의 느낌을 받지는 못했을 것이다. 어린이들과 같은 위치에 있게 되면 어린이들과 다투어야 할 일이 아무 것도 없다.

그런데 이렇게 말할 사람이 있을지도 모른다.

"잔소리 마! 평등이란 없어. 니일은 자기가 더 힘세고 똑똑하다고 말해야만 하는 거야!"

물론 이런 말도 옳다. 나는 집안의 주인이다. 만약에 불이 난다면 어린이들이 나에게 달려올 것이다. 그들은 내가 힘이 더 세고, 더 많이 알고 있다는 것을 알고 있다. 그러나 내가 어린이들을 그들의 세계에서 만날 때는 이런 말을 할 필요가 없다.

다섯 살 난 빌이 초대를 받지도 않고 자기의 생일 파티에 왔다고 나에게 가라고 명령했을 때 나는 즉시 나왔다. 빌은 내가 내 방에서 자기에게 했던 것과 똑같은 행동을 한 것이다. 선생과 학생 간의 이런 관계를 설명하기란 쉬운 일이 아니다. 그러나 섬머힐을 방문한 사람들에게 이런 관계가 이상적이라고 설명해 주면 나의 생각을 알게 된다. 사람들은 교사에 대한 일반적인 통념으로 이런 관계를 이해하게 된다. 화학 선생 루드는 모두가 데레크라고 그 이름(성이 아님)을 부른다. 그리고 또 다른 선생들도 해리나 울라나 팸으로 부르게 내버려 둔다. 학생들은 나를 니일이라고 부르고 보모는 에스터라고 한다.

섬머힐에서는 모두 동등한 권리를 가지고 있다. 아무도 그랜드 피아노 위에 올라가서는 안 된다. 나도 어린이의 허락 없이 마음대로 어린이의 자전거를 탈 수가 없다. 학교 총회에서는 여섯 살짜리의 한 표가 나의 한 표와 똑같은 비중을 차지한다.

그래도 실제로는 어른들의 표만 계산하겠지 하고 말할지는 모른다. 물론 여섯 살짜리가 손을 들기 전에 그래도 당신과 같은 표를 던져 주었으면 하고 기대하는 것은 당연한 일이다. 사실 나도 그랬었다. 왜냐 하면, 내가 제안했던 것들이 너무나도 많이 부결되었기 때문이다. 이런 것들이 우리들이 어린이들에게 바랄 수 있는 가장 좋은 것들이다.

우리 학교의 어린이들은 선생에 대해서 아무런 불안감도 품고 있지 않다. 우리 학교의 교칙 중에는 밤 열 시 이후에는 이층 복도에 나와서는 안 된다는 것이 있다. 어느 날 밤 열한 시경에 나는 이층에서 베개 싸움을 하며 떠드는 소리를 들었다. 나는 써야 할 글이 있어서 항의를 하기 위해 이층으로 갔다. 내가 아직 계단도 채 다 올라가기 전에 저쪽에서 종종걸음으로 걸어오는 발소리가 들렸다. 그런데 이상하게도 복도에는 아무도 없고 텅텅 비어 있었다. 다시 조용해졌다. 갑자기 한 볼펜 목소리가 조용히 "에이, 니일인데 뭐."라고 하는 말이 들렸다. 그리곤 또 떠들기 시작했다. 그러나 내가 "글쓰는 일로 바쁘다."고 말하자 어린이들은 수긍했는지 조용히 하겠다고 약속했다. 그들은 망보는 학생이 그들을 뒤쫓는다고 생각해서인지 복도에서 사라져 버렸다.

나는 이처럼 어린이들이 어른들을 두려워하지 않는다는 것을 특별히 강조하고 싶다.

아홉 살 난 한 어린이가 스스럼없이 나에게 와서 유리창 하나 깨뜨렸다고 이야기한다. 그 아이는 내가 화를 내거나 도덕적인 설교를 하리라는 걱정을 할 필요가 없었기 때문에 나에게 온 것이다. 그런 아이는 경우에 따라서 창문을 변상해야 한다.

몇 년 전에 한 번은 학생 자치회가 총 사퇴를 한 일이 있었다. 그런데도 아무도 입후보하려고 하지 않았다. 나는 이 기회를 놓치지 않고 게시판에 다음과 같은 내용을 걸었다. 즉, "정부가 없어졌기에 이제 내가 교장임을 선포하노라. 니일 만세!" 소문은 당장에 퍼져 나가 바로 그날 오후에 여섯 살짜리 비비엔이 내게 와서 "니일, 체육관의 유리창을 한 장 깨뜨렸어요." 하고 말했다.

나는 윙크를 하며 "그런 시시한 일로 날 괴롭히지 마!" 했더니 가버렸다. 그러자 얼마 안 되어 비비엔이 되돌아와서는 이번엔 유리창을 두 장 깼노라고 했다. 이번에는 나도 호기심이 나서 물어보았다.

"그래서 어쨌다는 거냐?"

"나는 교장을 좋아하지 않아. 난 뭘 좀 먹고 싶단 말야."(그 뒤에 나는 독재를 반대하는 이런 태도가, 이 애가 이야기하는 동안에 부엌문을 닫고 집으로 가버린 식모에 대한 미움 때문이었다는 것을 알았다.).

"그럼 이제 어떻게 할 작정이지?"

"더 많은 유리창을 깨버릴 꺼야."

아이는 흥분하여 대답했다.

"그래? 그럼 그렇게 해 보렴."

그는 정말 그렇게 했다. 그 동안에 열 일곱 장의 유리창을 깨뜨렸다고 내게 보고했다.

"하지만……."

하고 아이는 심각하게 말을 이었다.

"나는 이 모든 것을 다 변상하겠어요."
"무엇으로?"
"내 용돈으로. 얼마나 오래 걸릴 것 같아요?"

나는 머리 속에서 대강 계산해 보고

"약 십 년." 하고 대답했다.

그는 한참 동안 어둠 속을 응시하고 있더니 갑자기 소리를 질렀다.

"그래, 나는 이 유리창들을 보상해 줄 필요가 조금도 없어!"
"그럼 사유 재산에 관한 법률에 비춰 어떻게 되지?"

하고 나는 물어 보았다.
"창문들은 나의 사유 재산이란 말이야."
"알고 있어. 그러나 이제 사유 재산에 관한 규정은 없어져 버렸어. 법률은 정부에 의해서 만들어지는 건데, 이제 그 정부가 없어져 버리지 않았어?"

그는 이것을 변상할 필요가 없었다. 왜냐 하면, 얼마 후 내가 런던에서 강연을 하면서, 이 이야기를 했더니 강연이 끝난 후 한 청년이 내 손에다 돈을 쥐어 주었기 때문이다. "그 어린 악당이 깨뜨린 유리창 값입니다." 하고 그는 말했다. 이런 일이 있은 지 2년 후에 나는 비비엔에게 자기가 깨뜨린 유리창과 그것을 변상해 준 청년에 관해서 이야기해 주었다.

A.S. 니일, 김은산 역, 『서머힐』, 서원, 1987, 22-26쪽.

섬머힐: 섬머힐 스쿨(영어: Summerhill School)은 영국의 교육학자 A. S. 닐이 1921년에 세운 사립 기숙형 대안학교로 서퍽주의 레이스턴에 있다. 학생들의 자유를 최대한 존중하고, 그 자유 안에서 총체적이고 조화로운 사람으로 성장하게 함을 목표로 하며 6살부터 18살까지의 학생을 받는다. 서머힐 스쿨은 민주교육과 대안교육의 한 예로 알려져 있다. 서머힐 스쿨은 직접 민주제로 운영되는데, 학교의 운영을 결정하는 학교 회의에는 교직원과 학생 누구나 참여할 수 있으며 모두가 동일한 한 표를 행사한다. 설립자 닐이 세운 원칙인 '방종이 아닌 자유'에 따라 학교의 구성원들은 그들의 행동이 남들에게 피해를 주지 않는 한 자유롭게 행동할 수 있다. 학생들은 이 원칙에 따라 어느 수업을 들을지 결정할 수 있다.

● 위 글에 담긴 J.S. 닐의 주장과 근거를 파악하고 이러한 글을 쓴 관점을 파악해보자.

● 닐이 설명하는 이상적인 학교의 모습에 대해 비판적 관점에서 토론해보자.

● 위에서 생각한 비판적 읽기의 결과를 토대로 위의 글에 대해 비판하는 글을 써보자.

❸ 창의적 읽기와 쓰기

1) 창의적 읽기의 개념과 목적

"창의創意"란, "새로운 의견을 생각하여 냄. 또는 의견"이라는 사전적 의미를 가진다. 보통 사람들은 창의적이라고 하면 아무것도 없는 상태에서 새로운 뭔가를 만들어내는 것을 의미하는 것으로 생각하기 쉽다. 그러나 창의적이라는 것은 기존의 것과 다른 창의적인 어떤 것을 의미하는 것이고, 창의적 사고를 하기 위해서는 늘 기존에 이미 존재하는 것들에 대한 검토가 필수적으로 요청된다. 우리는 때로 기존의 것과 다른 새로운 의미파악의 방식이 필요할 때가 있는데, 새로운 관점과 지식을 토대로 텍스트에 새로운 방식으로 접근하여 새로운 의미를 읽어내는 것이 창의적 읽기의 방식이라 할 수 있다.

다음과 같은 사례들을 통해 창의적이라는 것의 개념을 정확하게 생각해 볼 필요가 있다.

위의 두 사례는 기존의 것을 활용하여 가게 이름을 새롭게 창안하여 만들어낸 경우이다. 치킨집 "아디닭스"의 경우는 "아디다스"라고 하는 기존의 스포츠 브랜드

이름을 활용하여 새로운 이름을 창안해낸 경우이며, 아래의 "그 옷이 알고 싶다"의 경우도 "그것이 알고 싶다"라는 시사프로그램의 이름을 활용하여 새로운 가게 이름을 만들어낸 것이다.

　우리는 창의적이라고 하면 아무것도 없는 공백의 상태에서 새로운 무언가를 만들어내는 것을 생각하기 쉽다. 그러나 창의적인 것은 세상에 없는 무언가를 갑자기 만들어내는 것이 아니라 기존의 것을 이미 검토한 상태에서 그것과는 다른 어떤 것을 만들어내거나, 기존의 것을 약간 활용하고 변형하여 새로운 무언가를 만들어내는 것을 의미한다. 우리는 살아가면서 학업이나 직업의 영역에서 "창의적인" 무언가를 해오라는 주문을 많이 받게 된다. 그런 경우 사람들이 하게 되는 가장 빈번한 실수는 기존의 것은 아무것도 검토하지 않은 채로 "창의적인" 무언가를 생각해내기 위해 생각만 하는 것이다. "창의적"인 무언가를 만들어내기 위해서는 자신이 다루는 주제와 관련하여 이미 존재하거나 이루어진 성과물들을 파악하는 작업이 우선적으로 이루어져야 한다.

　"창의적 읽기"라는 것도 특정한 텍스트에 대해서 존재하는 기존의 읽기 방식, 의미 파악의 결과와는 다른 새로운 의미 파악을 시도하는 것이라 할 수 있다. 이러한 창의적 읽기를 하기 위해서는 창의적 사고가 필요한데, 창의적 사고를 신장하기 위해서는 다음과 같은 훈련들이 필요하다.

첫째, 반대방향으로 바라보기, 입장 바꿔 생각하기

　창의적 사고를 하기 위해서는 기존에 우리가 보고, 느끼는 감각기관의 착각을 깨뜨리고 드러나는 현상을 반대방향으로 바라보는 연습이 필요하다. 아래와 같은 최명희 소설의 경우를 반대방향으로 생각하기의 대표적인 사례로 볼 수 있다.

> 저 둥치가 뿌리라면, 거꾸로 뿌리는 나뭇가지일 것이다. 하기는 맨 처음 어둠의 흙 속에서 눈을 뜬 뿌리는 그것이 곧 자기의 세상이었을 터이니, 조금씩 조금씩 더듬어 자라면서 자신이 곧 줄기라고 생각했을 것이요, 그 줄기에 힘살이 박히면서 둥치가 되고 둥치에서 뻗은 뿌리가 수백 수천의 팔을 벌리어 무성하게 우거질 때, 그것을 왜 가지라고 생각하지 않겠는가. 그렇게 자랄수록 더욱더 아득한 어둠 속으로 내려가면서도 창천의 하늘로 뻗어 오른다고 생각할 것이었다...... 그러니 지하의 뿌리한테는 꽃피고 새운다는 지상이 오히려 흙 속일 것이요. 거기 우람하게 서 있는 나무의 무성한 가지는 거꾸로 뿌리라 여겨지라.
>
> 최명희, <혼불>

위의 글에서는 일반적으로 땅 위쪽에 있는 것을 나뭇가지, 땅 아래에 있는 것을 뿌리로 보는 관점을 뒤집어 땅 위쪽에 있는 것을 뿌리, 땅 아래에 있는 것을 나뭇가지로 파악하여 나무가 땅 속으로 뻗어나간다고 생각하고 표현하였다. 이와 같이 기존에 보이는 것과 반대 방향으로 생각하는 사고가 창의적 사고의 기반이 된다.

둘째. 기존 이데올로기 틀을 벗어나서 보기

창의적 사고를 촉진할 수 있는 두 번째 방식은 이데올로기를 벗어나서 보는 것이다. 사람들이 기본적으로 생각하게 되는 굳어진 생각의 틀을 고정관념이라 한다. 이처럼 고정관념을 갖게 되는 원인은 우리에게 영향을 미치는 집단의 이데올로기를 통해 인식 대상이 왜곡되는 데서 비롯한다. 어떤 집단의 이데올로기에 노출되는가에 따라 인간은 크고 작은 고정관념을 갖게 되고 이러한 사고방식이 굳어져 새롭고 창의적인 사고를 막게 된다.

우리가 허위 이데올로기에 기반하여 글을 이해하는 가장 대표적인 예로 들 수 있는 것이 "토끼와 거북이 이야기", "개미와 베짱이" 우화의 경우이다.

　　우리가 잘 알고 있듯이 '토끼와 거북이' 이야기는 재빠른 토끼와 느린 거북이가 경주를 하였는데, 토끼가 먼저 달려나가 낮잠을 자는 동안 거북이가 꾸준히 걸어가 경주에서 승리한다는 내용이다. 그리고 '개미와 베짱이' 이야기 또한 추운 겨울을 대비하여 꾸준히 일하는 개미는 겨울에도 살아남고 한여름에 놀기만 한 베짱이는 겨울에 얼어 죽게 된다는 내용을 담고 있다.

이 두 이야기에서는 거북이와 개미를 긍정적으로, 토끼와 베짱이를 부정적으로 보는 이분법적 관점에서 전자는 옳고 바람직하고, 후자는 바람직하지 못한 것으로 이야기한다. 그러나 거북이와 개미가 상징하는 근면, 성실, 꾸준함이라는 가치와 토끼와 베짱이가 상징하는 순간적인 욕구와 쾌락이라는 가치는 양립할 수 있는 것이다. 꼭 거북이처럼 계속 끊임없이 걸어가야 하는 것이 아니라 토끼처럼 가다가 쉬어가기도 하고, 개미처럼 미래를 대비하기도 하고 때로 베짱이처럼 순간을 즐기기도 하면서 인간은 살아간다. 그럼에도 불구하고 이 두 이야기에서는 거북이와 개미가 상징하는 성실, 꾸준함이라는 가치를 이분법적으로 대립시키고, 이 중 한쪽만이 바람직한 것으로 이야기한다. 쉬는 것보다는 꾸준히 가는 것, 순간을 즐기는 태도보다는 미래를 대비하는 것을 더 바람직한 것으로 이야기함으로써 이야기를 읽는 사람으로 하여금 그러한 가치를 내면화시킨다.

이러한 두 우화가 특히 70년대부터 국어교과서에 적극적으로 수록되기 시작했다는 사실을 주목할 필요가 있을 것이다. 새마을운동과 경제개발이 이루어지던 산업화 시기에 국민들로 하여금 근면과 성실의 가치를 주입하기 위해 이러한 이야기들이 교육제재로써 적극적으로 가르쳐졌다. 그러나 이 두 이야기는 여러 가지 점에서 새롭게 바라볼 수 있는 여지가 있다. 예컨대, 육지동물인 토끼와 바다생물인 거북이를 육지에 데려와서 경쟁시키는 설정부터가 불합리하며, 잠자는 토끼를 거북이가 깨워서 같이 갈 수도 있을 텐데 꼭 경쟁을 해야 하는 지 등 이야기가 전파하는 논리적 틀을 벗어나서 새롭게 바라볼 수 있는 가능성이 있는 것이다.

이처럼 이 두 이야기를 기존 이데올로기의 틀을 벗어나서 새롭게 바라볼 경우, 기존의 내용 이해 방식과는 다른 새로운 이해가 가능해진다.

셋째, 관습적 사고와 표현에서 벗어나기

창의적으로 사고하기 위한 세 번째 연습 방식은 관습적 사고와 표현에서 벗어나는 것이다. 좀 더 구체적으로는 대상의 의미를 새롭게 정의하거나 사전적 의미에서 벗어난 방식으로 대상의 의미를 파악해보는 것이다.

아래의 사례에서 볼 수 있듯이 언어가 기존에 사용되던 맥락과는 다른 방식으로 단어의 의미를 파악하면 새로운 생각에 도달하는 길에 이르기도 한다. 언어가 사용되는 일반적이고 관습적인 사용방식이 있다. 예를 들어 "거지"라고 하는 단어의 사전적이고 관습적인 의미는 "남에게 빌어먹는 사람"으로서 경제상황이 좋지 않고 비천한 인물이라는 의미로 사용된다. 그런데 거지를 다음과 같이 정의할 수도 있다.

거지

부자들에게 자선을 베풀 수 있는 기회를 만들어주는 하나님의 심부름꾼. 하늘을 지붕으로 삼고 땅을 베개 삼아 무소유의 철학을 몸소 실천해 보여 주는 청빈도인. 신분증이 없는 세금 징수원. 전 국민을 납세 대상자로 삼고 있으며 납세 방법은 최대한 자율화되어 있다. 진실로 하나님을 믿는 사람들은 거지에게서 또 다른 예수의 모습을 본다.

이외수, 『감성사전』, 동숭동, 2003, 79쪽.

위와 같이 거지를 어려운 상황에 있어 도움이 필요한 존재로 보는 관습적 사고에서 벗어날 경우, 이를 무소유의 철학을 보여주고 베풀 수 있는 기회를 만들어주는 존재로 보는 관점으로 나아갈 수도 있다. 일반적으로 사용되는, 혹은 사용되어온 관습적 사고와 표현에서 벗어날 때, 새롭고 창의적인 의미의 구안이 가능한 것이다.

한편으로, 창의적 읽기는 기존의 관점과는 다른 관점에서 대상에 접근하는 것이므로, 이미 대상에 대해 파악하는 기존의 생각과 관점이 전부가 아니라, 그것과는 다른 관점에서 대상의 의미를 새롭게 파악하는 것이 가능함을 염두에 두어야 한다.

동일한 대상이라고 하더라도 대상에 접근할 수 있는 관점은 다양하고 대상을 어떠한 관점에서 접근하느냐에 따라 그 결과는 달라진다. 기존의 관점과는 다른 새로운 관점에서 이루어지는 접근은 창의적인 읽기와 창작으로 이어질 가능성이 높다.

2) 창의적 읽기의 방법

이러한 다양한 관점에 대한 이해를 토대로 창의적 읽기의 방법을 크게 두 가지로 나누어 구체적으로 살펴보고자 한다.

첫째, 관점을 전환하기

"창의적 읽기"를 시도할 수 있는 첫 번째 방법은 관점을 전환하는 것이다. 우리가 흔히 아는 "장화홍련전"은 계모인 허씨가 전처소생의 딸 장화와 홍련을 구박하는 내용이다. 이 이야기를 우리는 전처소생과 계모의 갈등을 그려냄으로써 나쁜 계모의 행태를 보여주는 소설이라고 파악한다. 그러나 실은 이야기를 자세히 읽어보면 이 소설에서 문제를 일으키고 허씨가 장화와 홍련을 죽이도록 직접적으로 명령한 인물은 장화홍련의 아버지 배좌수이다. 배좌수는 허씨가 있는데도 불구하고 장화홍련의 방에서 떠난 전 부인을 그리워하며 울고, 허씨가 장화, 홍련을 구박하자 장화, 홍련에게 만약의 경우에 허씨를 내쫓겠다고 약속하여 궁극적으로 허씨가 두 자매를 죽이는 결정적인 계기가 되는 역할을 한다. 또한 실제로 허씨가 장화를 모함하자 장화를 죽이라고 지시한 인물도 아버지인 배좌수이다.

이러한 점들에 주목해보면, 이 소설에서 그리고 있는 갈등은 단순히 계모와 전처 소생 간의 갈등 즉, 계모가 자기 배로 낳지 않은 자식을 미워해서 일어난 갈등이 아니라, 재혼을 통해 새로운 가족구성원이 들어온 상황에서 가족구성원 내부에서 일어나는 총체적인 갈등이라 할 수 있다. 드러나는 계모의 행패보다 그러한 사건이 일어나게 만든 원인에 주목해보면 새로운 가족구성원이 결합한 상황에서 적절하게 처신하지 못하고 결국은 자기 자식을 죽게 만든 배좌수라는 인물의 어리석음이 문제가 되고, 이러한 관점에서 본다면 "장화홍련전"은 단순히 나쁜 계모와 당하기만 하는 착한 전처소생들 사이의 갈등을 그린 작품이 아니라, 조선 후기에 새로운 가족구성원이 가족으로 편입되는 과정에서 드러난 가족 갈등을 보여주는 작품으로 새롭게 이해할 수 있다. 한편으로 계모의 관점에서 작품을 다시 읽어보면, 작품에 대한 또 다른 해석이 가능할 것이다.

이처럼 관점을 바꾸어 접근할 경우, 작품에 대한 새롭고 창의적인 해석이 가능해진다.

둘째. 맥락 바꾸기

창의적 읽기와 창작의 두 번째 경우는 텍스트가 기존에 터하고 있는 맥락과는 다른 맥락을 적용하여 내용을 새롭게 이해해보는 것이다. 다음과 같은 경우를 맥락을 바꾸어 대상을 새롭게 이해해본 경우라고 볼 수 있다. 우리가 잘 아는 고전소설 중에 "흥부전"이 있다. 착한 동생 흥부와 욕심 많고 심술궂은 형 놀부가 있는데, 흥부는 다친 제비 다리를 고쳐서 복을 받고 형은 벌을 받는다는 내용이다. 일반적으로 "흥부전"의 내용에 대해서 착한 흥부는 복을 받고 나쁜 놀부는 벌을 받는다는 점에서 사람은 착하게 살아야 한다는 식의 도덕적 교훈을 도출한다. 이는 도덕적인 관점에서 이 두 주인공을 파악한 결과이다. 그런데 흥부와 놀부를 사회경제적인 관점에서 조명할 경우, 새로운 해석이 가능하다. 다음과 같은 사례를 주목할 필요가 있다.

> (전략) 다시 말해 양극화의 심화, 환경 파괴, 공동체 질서의 붕괴, 인간 소외 등과 같은 현대 자본주의 사회의 문제는 합리적 자산관리 전문가 놀부와 무능한 흥부에 대한 재평가를 요구한다.
>
> 놀부는 재물에 대한 탐욕(좋게 말해 사적 이익 추구)의 노예가 되어 형제를 외면한다. 재물을 위해서 가족애라는 공동체적 가치마저 내동댕이친 놀부에게 또 다른 가치를 기대하기는 어렵다. 그는 자신의 재산을 늘릴 수만 있다면 서민을 상대로 한 고리대도 서슴지 않을 것이며, 산을 깎거나 물길을 막는 '개발'도 기꺼이 할 것이다. 재물의 무한한 축적을 최상의 가치로 여기는 놀부에게서 자본주의가 야기한 문제점을 해결할 실마리를 얻기는 어려운 노릇이다.
>
> 흥부는 어떨까? 부자가 된 뒤에 가난한 사람들을 집으로 불러들이고 거지가 된 형을 돌보며 더불어 사는 흥부는 나눔의 미덕을 지닌 인물이다. 현대의 노블레스를 재산가로 한정한다면 흥부야말로 '노블레스 오블리주'를 실천한 셈이다. 끊임없는 경제적 이익의 추구를 위해 가족 간의 윤리, 사회 윤리, 환경 윤리를 저버린 놀부형 인간과 달리 이질적이고 대립적인 요소까지 모두 포용하고 화해시키는 흥부형 인간형에는 자본주의가 붕괴시킨 공동체적 가치를 복원하는 힘이 깃들어 있다. (후략) (동아닷컴, 2008.03.10.)

위의 글에서는 전근대의 도덕적 기준에서 선인과 악인으로 파악하던 흥부와 놀부의 이야기를 자본주의 사회의 맥락에서 파악하였을 경우, 새로운 인물 파악과 의의 파악이 가능하다는 것을 보여준다. 자본주의 사회의 맥락에서 보았을 때, 놀부는 재산 축적에 눈이 먼 자본가로, 흥부는 노블레스 오블리주를 실천한 재산가로서 특히 흥부의 경우는 부의 확장과 축적을 최대의 가치로 여기게 되는 자본주의 사회의 한계를 해결할 수 있는 실마리가 되는 인물로서 파악할 수 있는 것이다.

이처럼 관점과 맥락을 전환해보는 것을 통해 기존 텍스트에 대한 창의적 해석과 창작이 가능해진다. 이러한 창의적 읽기 방법에 대한 이해를 토대로 아래에 제시한 텍스트들을 대상으로 창의적 읽기를 연습해보자.

• 학습활동 1 •

장화홍련전

세종대왕 시절에 평안도 철산군에 한 사람이 있었는데 성은 배씨요, 이름은 무룡이었다. 그는 본디 향반(鄕班)으로 좌수(座首)를 지냈을 정도로 성품(性品)이 매우 순후(淳厚)하고 가산(家産)이 넉넉하여 부러울 것이 없었지만, 다만 슬하(膝下)에 일점 혈육(血肉)이 없으므로 부부(夫婦)는 매양 슬퍼하였다.

그러던 어느 날, 부인 장씨가 몸이 곤하여 침상(寢牀)을 의지하고 조는 동안, 문득 한 선관(仙官)이 하늘에서 내려와 꽃 한 송이를 주기에 부인이 받으려 할 때 홀연 회오리바람이 일며 그 꽃이 변하여 한 선녀(仙女)가 되어 완연히 부인의 품속으로 들어오는지라. 부인이 놀라 깨어 보니 남가일몽(南柯一夢)이었다.

부인이 좌수를 향하여 꿈 이야기를 하며 괴이하게 여겼다. 좌수가 이 말을 듣고, "우리의 무자(無子)함을 하늘이 불쌍히 여기사 귀자(貴子)를 점지하심이오." 하며, 서로 기뻐하였다. 과연 그 날부터 태기(胎氣)가 있어 십 삭(朔)이 차매, 하루는 밤중에 향기가 진동하더니 순산하여 옥녀(玉女)를 낳았다. 아기의 용모와 기질이 특이하여 좌수 부부는 크게 사랑하며 이름을 장화라 짓고 장중 보옥(寶玉)같이 길렀다.

장화가 두어 살이 되면서 장씨 또다시 태기가 있었다. 좌수 부부는 주야로 아들 낳기를 바랐으나 역시 딸을 낳았다. 마음에는 서운하나 할 수 없이 이름을 홍련이라 하였다. 장화·홍련 자매가 점점 자라가며 얼굴이 화려(華麗)하고 기질이 기묘할뿐더러 효행(孝行)이 뛰어나니, 좌수 부부는 형제의 자라남을 보고 사랑함이 비길 데 없었다. 그러나 너무 숙성함을 매우 염려하였다.

그러던 가운데 한편 시운(時運)이 불행하여 장씨는 홀연히 병을 얻어 자리에 눕게 되었다.

좌수와 장화가 정성을 다하여 주야(晝夜)로 약을 썼지만, 증세가 날로 위중할 뿐이요, 조금도 효험이 없었다. 장화는 초조하여 하늘에 축수(祝手)하며 모친이 회춘(回春)하기를 바랐지만, 이 때 장씨는 자기의 병이 낫지 못하리라 짐작하고, 나어린 두 딸의 손을 잡고 좌수를 청(請)하여 슬퍼하며,

"첩이 전생에 죄가 많아 이 세상에 오래 살지 못할 것 같습니다. 죽는 것은 슬프지 않지만, 장화 자매를 기를 사람이 없사오니 지하(地下)에 갈지라도 눈을 감지 못할 만큼 슬프니, 이제 골수에 맺힌 한을 가슴에 품고 죽으려 합니다. 외로운 혼백(魂魄)이 바라는 바는 다름이 아니오라 첩이 죽은 후에 다른 여인을 취하실진대 낭군의 마음이 자연 변하기 쉬울 것이니 그것을 두려워합니다. 바라건대 낭군은 첩의 유언(遺言)을 저버리지 마시고 지난 날의 정의를 생각하시고, 이 두 딸을 불쌍히 여겨 장성한 후에 좋은 가문에 배필(配匹)을 얻어 봉황(鳳凰)의 짝을 지어 주신다면 첩이 비록 어두운 저승 속에서라도 낭군의 은택(恩澤)을 감축하여 결초보은(結草報恩)하겠습니다."

하고 길이 탄식한 후, 이내 숨을 거두었다. 장화는 동생을 안고 하늘을 우러러 통곡하니, 그 가련한 정경은 보는 사람으로 하여금 철석 간장이 녹아 내리는 듯하였다.

그럭저럭 장삿날이 다달아 선산에 안장하고 장화는 효심을 다하여 조석으로 상식을 받들며 주야로 과상하였다. 세월이 여류(如流)하여 어느덧 삼상(三喪)이 지나갔다. 그러나 장화 형제의 망극함은 더욱 새로웠다.

이 때 좌수는 비록 망처의 유언을 생각하였지만 후사를 안 돌아볼 수도 없어서, 이에 혼처를 두루 구하였으나, 원하는 여인이 없으므로 부득이 허씨라는 여인에게 장가를 들었다.

허씨의 용모를 말하자면 두 볼은 한 자가 넘고, 눈은 퉁방울 같고, 코는 질병 같고, 입은 메기 같고, 머리털은 돼지털 같고, 키는 장승만 하고, 소리는 이리 소리 같고, 허리는 두 아름이나 되는 것이 게다가 곰배팔이요, 수종다리에 쌍언청이를 겸하였고, 그 주둥이를 썰어 내면 열 사발은 되고, 얽기는 콩멍석 같으니 그 형상은 차마 바로 보기 어려운 데다가 그 심지가 더욱 불량하여 남이 못 할 노릇만을 골라 가며 행하니, 집에 두기가 단 한시인들 난감하였다.

　　그래도 그것이 계집이라고 그 달부터 태기가 있어 연달아 아들 삼 형제(兄弟)를 낳았다. 좌수는 그로 말미암아 어찌할 바를 모르니 매양 딸과 더불어 죽은 장씨 부인을 생각하며, 잠시라도 두 딸을 못 보면 삼추(三秋)같이 여기고, 돌아오면 먼저 딸의 침실로 들어가 손을 잡고 눈물을 흘리며,

　　"너희 자매들이 깊이 규중에 있으면서, 어미 그리워함을 늙은 아비도 매양 슬퍼한다."

　　하며 가련히 여기는 것이었다. 허씨는 그럴수록 시기하는 마음이 대발(大發)하여 장화·홍련을 모해(謀害)하고자 꾀를 생각하였다. 이에 좌수는 허씨의 시기함을 짐작하고 허씨를 불러 크게 꾸짖었다.

　　"우리는 본래 가난하게 지내다가, 전처의 재물이 많아 지금 풍부히 살고 있소. 그대의 먹는 것이 다 전처의 재물이니 그 은혜를 생각하면 크게 감동해야 마땅한데, 저 어린 것들을 심히 괴롭게 하니, 다시는 그러지 마오."

　　하고, 조용히 타일렀지만 시랑 같은 그 마음이 어찌 뉘우치겠는가. 그 후로는 더욱 불측(不測)하여 두 자매를 죽일 뜻을 주야(晝夜)로 생각하였다.

　　하루는 좌수가 내당으로 들어와 딸의 방에 앉으며 두 딸을 살펴보니, 딸 자매가 서로 손을 잡고 슬픔을 머금고 눈물로 옷깃을 적시기에, 좌수가 이것을 보고 매우 측은히 여겨 탄식하며,

　　'이는 반드시 죽은 어미를 생각하고 슬퍼함이로다.'

　　하고, 역시 눈물을 흘렸다.

　　"너희들이 이렇게 장성하였으니, 너희 모친(母親)이 살아 있었다면 오죽이나 기쁘겠느냐. 그러나 팔자가 기구하여 허씨 같은 계모를 만나 구박이 자심하니, 너희들의 슬퍼함을 짐작하겠다. 이후에 이런 연고가 또 있으면 내가 처치하여 너희 마음을 편안케 하리라."

하고 나왔다. 이 때 흉녀 허씨가 창 틈으로 이 광경을 엿보고 더욱 분노하여 흉계를 생각하다가 문득 깨닫고, 제 자식 장쇠를 불러 큰 쥐 한 마리를 잡아오게 하였다. 그러고는 그것을 껍질을 벗기고 피를 발라, 낙태(落胎)한 형상을 만들어 장화가 자는 방에 들어가 이불 밑에 넣고 나왔다. 좌수가 들어오기를 기다려 이것을 보이려고 하였는데 마침 좌수가 외당에서 들어왔다. 허씨가 좌수를 보고 정색하며 혀를 차는지라, 괴이하게 여긴 좌수가 그 연고를 물었다.

"집안에 불측한 변이 있으나 낭군은 필시 첩의 모해라 하실 듯하기에 처음에는 발설치 못하였습니다. 낭군은 친어버이라, 나오면 이르고 들어가면 반기는 정을 자식들이 전혀 모르고 부정한 일이 많으나, 내 또한 친어미가 아니므로 짐작만 하고 있었는데 오늘은 늦도록 기동치 아니하기에 몸이 불편하다고 하여 들어가 보니, 과연 낙태를 하고 누웠다가 첩을 보고 미처 수습치 못하여 쩔쩔매는 것이었습니다. 그래서 첩의 마음에 놀라움이 컸지만, 저와 나만 알고 있거니와 우리는 대대로 양반(兩班)이라 이런 일이 누설(漏泄)되면 무슨 면목으로 세상을 살아가겠습니까."

좌수는 크게 놀라 이에 부인의 손을 이끌고 여아의 방으로 들어가 이불을 들추어 보았다. 이 때 장화 자매는 잠이 깊이 들어 있었으니, 허씨가 그 피묻은 쥐를 가지고 날뛰었다. 용렬한 좌수는 그 흉계를 모르고 놀라며,

"이 일을 장차 어찌하리오."

하며 고심하였다. 이 때 흉녀가 하는 말이,

"이 일이 매우 중난하니 남이 모르게 죽여 흔적을 없이 하면, 남은 이런 줄은 모르고 첩이 심하여 애매한 전실 자식을 모해하여 죽였다고 할 것이요, 남이 알면 부끄러움을 면치 못할 것이니 차라리 첩이 먼저 죽어 모르는 게 나을까 합니다."

하고 거짓 자결하는 체하니, 저 미련한 좌수는 그 흉계를 모르고 급히 달려들어 붙들고 빌면서,

"그대의 진중한 덕은 내 이미 아는 바이니, 빨리 방법을 가르치면 저 아이를 처치하겠소."

하며 울거늘, 흉녀는 이 말을 듣고,

'이제는 원을 이룰 때가 왔다.'

하고, 마음에 기꺼워하면서도 겉으론 탄식하여 하는 말이,

"내 죽어 모르고자 하였더니, 낭군이 이토록 과념하시니 부득이 참거니와, 저 아이를 죽이지 아니하면 장차 문호에 화를 면치 못할 것입니다. 기세양난(其勢兩難)이니 빨리 처치하여 이 일이 드러나지 않게 하십시오."

하였다. 좌수는 망처의 유언을 생각하고 망극하나, 일변 분노하여 처치할 묘책을 의논하니, 흉녀는 기뻐하며,

"장화를 불러 거짓말로 속여 저희 외삼촌 댁에 다녀오게 하고, 장쇠를 시켜 같이 가다가 뒤 연못에 밀쳐 넣어죽이는 것이 상책일까 합니다."

좌수가 듣고 옳게 여겨 장쇠를 불러 이리이리하라고 계교를 가르쳐 주었다. (후략)

줄거리

세종조에 평안도 철산에 배무룡이라는 좌수가 있었는데, 그의 부인이 선녀로부터 꽃송이를 받는 태몽을 꾸고 장화를 낳았다. 그리고 2년 후 홍련을 낳았다. 홍련이 다섯 살 때 부인이 죽자, 좌수는 대를 잇기 위하여 허씨와 재혼하였다.

허씨는 용모가 추할 뿐 아니라 심성이 사나웠으나 곧 삼형제를 낳았다. 허씨는 아들이 생긴 뒤 전부인의 딸들을 학대하기 시작하였다. 장화가 정혼을 하게 되자, 혼수를 많이 장만하라는 좌수의 말에 재물이 축날 것이 아까워 장화를 죽이기로 흉계를 꾸며, 큰 쥐를 잡아 털을 뽑아서 장화의 이불 속에 넣었다가 꺼내어 좌수에게 보이고 장화가 부정을 저질러 낙태하였다고 속여, 아들 장쇠를 시켜 못에 빠뜨려 죽였다. 그 순간 호랑이가 나와 장쇠의 두 귀와 한 팔, 한 다리를 잘라가 장쇠는 병신이 되었다.

이에 계모는 홍련을 더욱 학대하고 죽이려 하였다. 홍련은 장쇠에게서 장화가 죽은 것을 알았고, 또 꿈에 장화가 홍련의 꿈에 나타나 원통하게 죽은 사실을 알려주자, 홍련은 장화가 죽은 못을 찾아가 물에 뛰어들어 죽었다.

그로부터 그 못에는 밤낮으로 곡소리가 났으며, 원통하게 죽은 두 자매가 그 사연을 호

소하려고 부사에게 가면 부사는 놀라서 죽었다. 이런 이상한 일 때문에 부사로 올 사람이 없었는데, 마침 정동우(鄭東佑)라는 사람이 자원하여 부사로 부임하였다.

도임 초야에 장화·홍련이 나타나 원통하게 죽은 원인과 원을 풀어줄 것을 간청하였다. 이튿날 부사는 좌수 부부를 문초한바, 장화는 낙태하여 투신자살하였고, 홍련은 행실이 부정하더니 야음을 틈타 가출하고 소식이 없으며, 장화의 낙태물이라고 증거물을 제시하는 것을 보고 사실인 것 같아, 좌수 부부를 훈방하였다.

그날 밤 꿈에 두 소저가 나타나 계모가 제시한 낙태물의 배를 갈라 보면 알 것이라 하고 사라졌다. 이튿날 부사는 다시 그 낙태물을 살피고 배를 갈라 보니 쥐똥이 나왔다. 이에 부사는 계모를 능지처참하고, 장쇠는 교수형에 처하였으며, 좌수는 훈방하였다.

그리고 못에 가서 자매의 시신을 건져 안장하고 비(碑)를 세워 혼령을 위로하였더니, 그날 밤 꿈에 두 자매가 다시 나타나 원한을 풀어준 일을 사례하며, 앞으로 승직할 것이라 하였다. 그 뒤 그 말대로 부사는 승직하여 통제사에 이르렀다.

한편, 배좌수는 윤씨를 세 번째 부인으로 맞았는데, 꿈에 두 딸이 나타나 상제가 전세에 못다한 부녀의 연분을 다시 이으라고 하였다는 말을 전하고, 윤씨부인은 꿈에 상제로부터 꽃 두 송이를 받은 태몽을 꾸고 쌍동녀를 낳아 꿈을 생각하여 장화와 홍련이라고 이름을 지었다. 두 자매가 장성하여 평양의 부호 이연호의 쌍동이와 혼인하여, 아들 딸을 낳고 복록을 누리며 잘살았다.

● 작품에 등장하는 각 등장인물의 상황을 정리해보자.

● 작품에 등장한 인물에 대한 묘사에 있어 특이한 점을 찾아 이야기해보자.

● 작품에서 부정적으로 묘사된 계모의 입장에서 상황을 다시금 재조명해보자.

● 위에서 계모의 관점에서 이 이야기를 창의적으로 해석한 결과를 한 편의 글로 써보자.

다음은 〈아무도 모른다〉라는 영화의 줄거리이다. 〈아무도 모른다〉라는 영화를 보고 아래의
각 등장인물들의 입장에서 상황을 해석해보자.

영화 〈아무도 모른다〉

　도쿄의 아파트에 젊은 엄마와 네 남매가 이사를 온다. 장남인 아키라 이외에는 아이
들을 집 밖에도 내보내지 않고 몰래 키우고 있는 엄마는 집 주인에게 아이는 아키라 하
나뿐이라며 나머지 아이들은 숨겨서 데리고 들어온다. 엄마는 출생신고도 되어 있지 않
은 아이들을 학교에도 보내지 않고, 장남 아키라에게 의지하며 아이들을 키운다. 직장
에 다니던 엄마에게 남자가 생기자, 엄마는 그 남자와 동거하기 위해 집을 나가며 아키
라에게 아이들을 돌봐줄 것을 부탁한다. 아키라는 엄마가 남기고 간 돈으로 아이들을 건
사하며 생활한다.

　어느 날 갑자기 아이들의 선물을 사들고 나타난 엄마는 나머지 짐을 챙겨 곧 돌아오
겠다는 말만 남기고 사라진다. 아키라는 엄마가 남긴 연락처를 찾아 전화를 걸지만 엄마
의 성이 바뀌었음을 알고 전화를 끊어버린다. 아키라는 엄마가 다시 돌아오지 않을 거라
는 사실을 알게 되고, 곧 엄마가 보내온 돈도 바닥난다. 아이들은 수도와 전기도 모두 끊
긴 집에서 공원에서 씻고 빨래를 하며 자신들 나름대로 살아남으려고 애쓰고, 공원에서
이지메를 당하고 학교에 나가지 않는 소녀 사키를 만나 친해진다. 아키라는 점점 생활고
에 시달리지만 아이들을 제대로 돌보기 위해 동분서주한다.

　그러던 어느 날 앓아누운 막내 유키는 결국 세상을 떠나고, 아키라와 사키는 유키가
좋아하는 비행기를 볼 수 있는 공항 근처의 공터에 아이를 묻고 돌아온다. 상황은 달라지
지 않았지만, 남은 아이들은 여전히 무너지지 않고 서로를 의지하며 생활한다.

● 영화에서 드러나는 주요 사건의 개요와 흐름을 파악해보자.

● 영화에서 궁극적으로 아이들이 죽은 사건의 원인이 어디에 있는지 이야기해보자.

● 뉴스에서 영화의 사건과 유사한 사건이 우리나라의 경우에 드러난 사례들을 찾아 발표해보자.

● 우리나라에서 드러난 아동학대사건들을 토대로 간략한 이야기 한 편을 만들어보자.

Chapter III

글쓰기와
독서 연습

Chapter 3

글쓰기와
독서 연습

❶
인간이란 어떤 존재인가?(인문)

1) 인간의 선과 악

　"사기"는 중국의 역사가 사마천이 중국 문명의 초기 단계에서 자신이 생존해 있었던 기원전 1세기까지의 역사를 기록한 책이다. 그 안에 포함된 '열전' 부분에는 여러 사람의 전기들이 차례로 기록되어 있다. "사기"의 구성 중 '열전'의 비중은 압도적인데, 그것은 사마천의 인간 중심적인 역사관을 보여주는 것이다. 전기는 대개 모범적인 개인의 행적을 담고 있으나 사마천은 고대 문명과 삶을 구성하는 각 요소를 대표하는 인물들의 상징적인 일화를 중심으로 '열전'을 구성하였다. '열전'을 통해 우리는 절의를 지킨 선비, 철학의 세계를 만든 사상가, 제국을 건설한 정치가와 장군, 경제를 주무른 상인들과 부자, 심지어는 시정잡배까지 다양한 인간들을 만날 수 있다. 다음은 사기열전 중에서 가장 유명한 대목으로 알려진 백이 열전에 해당하는 내용이다.

백이 열전(伯夷 列傳)

사마천

　무릇 학자들이 읽는 서적은 지극히 광범하지만, 그러나 믿을 만한 근거는 역시 육예(六藝)에서 찾아야 한다. "시(詩)", "서(書)"에는 비록 결손된 부분이 있다고 할지라도, 거기에 실린 우(虞), 하(夏)에 관한 글을 통해서 양위(讓位)에 관한 일을 알 수 있다. 요(堯)임금이 군주의 자리에서 물러날 때에는 그 자리를 순(舜)에게 선양(禪讓)하였고 순임금이 우(禹)에게 양위할 때에는 악목(嶽牧)들이 다 함께 추천한 우를 일정한 직위에 시험 삼아 등용하여 수십 년 동안 직무를 수행하게 하고, 그의 공적이 두드러지게 나타난 다음에야 비로소 정권을 넘겨주었다. 이와 같은 사실은 천하는 귀중한 보기(寶器)요, 제왕은 중대한 법통이기 때문에 천하를 물려준다는 것이 이처럼 어렵다는 것을 말해 주는 것이다.
　그러나 혹자는 말하기를 "요임금이 천하를 허유(許由)에게 양위하려고 하였을 때, 허유는 받아들이지 않고 오히려 이를 치욕으로 여기고 달아나 은거해 버렸고, 또 하나라에 이르러서도 변수(汴水), 무광(務光)과 같은 은사(隱士)가 있었다"라고 하였는데, 이런 사람들은 또한 어째서 칭송되고 있는 것일까?

　태사공은 말하였다.
　"나는 기산에 올라가 본 적이 있었는데, 그 산위에는 허유의 무덤이 있다는 말을 들었다. 공자는 고래의 인인, 성인, 현인들을 차례로 열거하면서 오태백, 백이와 같은 사람에 대해서도 매우 상세하게 말하고 있다. 나도 들어서 허유와 무광의 절의가 지극히 고결하다고 느끼고 있지만, "시", "서"의 문사에는 조금도 그들에 관한 개략(概略)이 나타나 있지 않으니 이것은 어째서일까?"

　공자는 말하기를 "백이, 숙제(叔齊)는 과거의 원한을 기억하고 있지 않음으로써 남에게 원망하는 일은 거의 없었다."라고 하였고, 또 "그들에게 어진 것이란 구하는 대로 얻어지는 것인데 또한 무엇을 원망하였겠는가?"라고 하였다. 그러나 나는 백이의 심경을 비통한 것으로 보았고, 그들의 일시(軼詩)를 보고 약간 이상함을 느꼈다. 그들에 관한 전기에는 다음과 같이 언급되어 있다.

　백이와 숙제는 고죽국 국왕의 두 아들이었다. 아버지는 아우 숙제를 다음 왕으로 삼으려고 하였다. 그런데 아버지가 죽은 뒤 숙제는 왕위를 형 백이에게 양여하였다. 그러자 백이는 "아버지의 명령이었다."라고 말하면서 마침내 피해 가 버렸고 숙제도 왕위에 오르려 하지 않고 피해 가 버렸다. 이에 나라 안의 사람들은 둘째 아들을 왕으로 옹립하였다. 이때 백이와 숙제는 서백창이 늙은이를 잘 봉양한다는 소문을 듣고 그를 찾아가서 의지하고자 하였다. 가서 보니 서백은 이미 죽고, 그의 아들 무왕이 시호를 문왕이라고 추존한 아버지의 나무 위패를 수레에다 받들어 싣고 동쪽의 은 주왕을 정벌하려고 하고 있었다. 이에 백이와 숙제는 무왕의 말고삐를 잡고 간하기를 "부친이 돌아가셨는데 장례는 치르지 않고 바로 전쟁을 일으키다니 이를 효라고 말할 수 있습니까? 신하된 자로서 군주를 시해하려 하다니 이를 인(仁)이라고 말할 수 있습니까?라고 하였다. 그러나 무왕 좌우에 있던 시위자들이 그들의 목을 치려고 하였다. 이때 태공(太空)이 "이들은 의인(義人)들이다."라고 하며 그들을 보호하여 돌려보내 주었다. 그 후 무왕이 은난을 평정한 뒤 천하는 주 왕실을 종주로 섬겼지만, 백이와 숙제는 주나라의 백성이 되는 것을 치욕으로 여기고, 지조를 지켜 주나라의 양식을 먹으려 하지 않고 수양산에 은거하며 고비를 꺾어 이것으로 배를 채웠다. 그들은 굶주려서 곧 죽으려고 하였을 때, 노래를 지었는데 그 가사는 이러하였다.

저 서산에 올라 산중에 고비나 꺾자구나.
포악한 것으로 포악한 것을 바꾸었으니
그 잘못을 알지 못하는구나.
신농, 우, 하의 시대는 홀연히 지나가 버렸으니
우리는 장차 어디로 돌아간다는 말인가?
아! 이제는 죽음뿐이로다.
쇠잔한 우리의 운명이여!

마침내 이들은 수양산에서 굶어 죽고 말았다.

이로 미루어 본다면, 두 사람은 과연 원망하는 것인가? 원망하지 않는 것인가?

혹자는 말하기를 "천도(天道)는 공평무사해서 항상 착한 사람을 돕는다."라고 하였다. 백이, 숙제와 같은 사람은 착한 사람이라고 말할 수 있지 않은가? 그러나 그처럼 인덕을 쌓고 행실을 깨끗하게 하였으면에도 그들은 굶어서 죽었다. 어디 그뿐이랴! 70문도 중에서 공자는 오직 안연 하나만을 학문을 좋아하는 제자로 천거하였다. 그러나 안연도 항상 가난해서 조강 같은 거친 음식도 배불리 먹지 못하고 끝내 요절하고 말았다. 하늘이 착한 사람에게 보상해 준다고 한다면 어째서 이럴 수 있는가? 도척은 날마다 죄 없는 사람을 죽이고 사람의 살을 회쳐서 먹으며 포악무도한 짓을 함부로 하며 수천 명의 도당을 모아

천하를 횡행하였지만, 끝내 천수를 다 누리고 죽었다. 이것은 그의 어떠한 덕행에 의한 것이란 말인가? 이런 것들은 다 크고 뚜렷한 사례이다. 또 이를테면 근자에 이르러서도 조행이 정도를 벗어나고 오로지 사람들을 꺼리고 싫어하는 일만 범하면서도 종신토록 안일 향락하고 부귀함이 여러 대에 그치지 않는 사람이 있는가 하면 혹은 또 갈 만한 곳을 골라서 가고, 말할 만한 때를 기다려 말하며, 길을 갈 때는 작은 길로 가지 않으며 공명정대한 일이 아니면 분발해서 하지 않으면서도 재화를 당하는 사람이 헤아릴 수 없을 만큼 많은 것은 어찌 된 것인가? 나는 이에 대해서 매우 의혹스러움을 느낀다. 만약에 이런 것이 이른바 천도라고 한다면 그 천도는 과연 맞는 것인가, 틀린 것인가?

공자는 말하기를 "가는 길이 같지 않은 사람과는 서로 도모하지 않는다"라고 하였는데, 이 또한 사람은 제각기 자기 뜻에 따라 행한다는 뜻이다. 그러므로 "부귀하는 것이 만약에 추구해서 구할 수 있는 것이라면 비록 채찍잡이와 같은 천한 직업이라고 할지라도 나는 그것을 할 것이며, 또 만약에 구할 수 없는 것이라면 나는 내가 좋아하는 것을 좇아 행할 것이다."라고 하였고 "추운 계절이 된 연후에야 소나무와 잣나무는 시들지 않는다는 것을 안다."라고도 하였다. 온 세상이 혼탁해졌을 때라야 청렴한 사람이 이에 드러나는 것이다. 이것은 모두 세속 사람들은 그처럼 부귀를 중시하고 청렴한 사람은 이처럼 부귀를 경시하기 때문이 아니겠는가?

공자는 말하기를 "군자는 죽은 뒤에 자기의 명성이 칭양되지 않을까 걱정한다."라고 하였고, 가의는 말하기를 "탐부는 재물 때문에 목숨을 잃고 열사는 명분 때문에 목숨을 바치며 권세를 과시하는 사람은 그 권세 때문에 죽고, 서민들은 자기의 생명에만 매달린다."라고 하였다. "같은 종류의 빛은 서로가 비추어 주고, 같은 종류의 물건은 서로가 감응한다. 구름은 용을 따라 생기고, 바람은 범을 따라 일어난다. 그것처럼 성인이 나타나면 이에 따라서 세상 만물의 모습이 모두 다 뚜렷이 드러나게 된다."

백이와 숙제가 비록 현인이기는 하였지만 공자의 찬양을 얻고 나서부터 그들의 명성이 더욱더 두드러지게 나타났고, 안연이 비록 학문에 독실하기는 하였지만 천리마의 꼬리에 붙여져서 그의 덕행이 더욱더 뚜렷해졌다. 암혈에서 살아가는 은사들은 출세와 은퇴를 일정한 때를 보아서 한다. 이와 같은 사람들이 명성이 파묻혀 버려서 칭양되지 않는다면 정말 비통하리라! 항간의 평민으로 덕행을 연마하고 명성을 세우고자 하는 사람이 청운지사(靑雲之士)에 의지하지 않는다면 어떻게 그의 명성을 후세에 전할 수 있겠는가?

사마천, 정범진 외 역, 『사기 5』, 까치, 1994, 9-14쪽.

● 이 글을 읽고 아래 물음에 답해보자.

① 이 글에 드러난 백이, 숙제의 삶을 요약적으로 파악해보자.

② 마지막 문단에 주목하여 글쓴이가 이러한 글을 쓴 까닭을 추측하여 말해보자.

③ 착한 사람보다 악한 사람이 부귀하고 잘사는 세상사에 대해 사마천은 어떤 입장을 표명하고 있는지를 파악하여 아래에 써보자.

④ 아래와 같이 착한 일을 할 경우 손해를 보는 상황에서 자신은 어떻게 행동할지에 대해 자신의 생각을 발표해보자.

> 최근 가게들이 즐비한 먹자골목에 가게를 연 홍길동씨는 큰 고민에 빠지게 되었다. 손님들에게 좋은 음식을 제공하기 위해 좋은 국내산 재료를 선별하여 음식을 만들어왔는데, 매상이 오르지 않는 것이다. 그런데 근처 장사가 잘되는 가게들을 보니 홍길동씨의 가게보다 가격이 월등히 싸다는 장점이 있었다. 알아보니 주변가게들은 수입재료를 사용하면서 국내산으로 광고하고 싼 가격에 음식을 팔고 있었다. 기존대로 정직하게 장사를 계속하면 가게 문을 닫을 수밖에 없는 상황이다.

2) 무의식적 존재로서 인간

'일그러진 내 꿈'이라는 제목의 이 글은 "꿈의 해석"에 수록된 글의 일부분이다. 꿈의 분석을 통해 인간의 무의식적인 영역을 개척한 프로이트의 글이다. 조교수 제안을 받고 기쁨에 들떠 있던 프로이트가 유대인인 친구 R과 이야기를 나누고 R이 등장하는 꿈을 꾸게 된다. 프로이트는 R이 자신의 백부로 등장하는 이 꿈을 심리적인 이중기제를 통해 분석하고 그 과정과 결과를 제시하고 있다. 실제 현실과 꿈의 양상과 해석의 과정을 모두 보여준다는 점에서 프로이트가 이야기하는 인간이 가진 무의식적 기제의 작용을 잘 설명하고 있는 글이라 할 수 있다.

일그러진 내 꿈

J. 프로이트

내가 꾼 꿈

1897년 봄에 안 일이지만, 우리 대학의 교수 두 분이 나를 조교수로 임명할 것을 제의했다고 한다. 이 소식은 나에게 정말 뜻밖이었다. 뛰어난 학자께서 아무런 개인적인 관계도 없는데 나를 인정해 주었다는 사실을 알고 나는 대단히 기뻤다.

그러나 나는 곧 이 일에 너무 기대를 걸어서는 안 된다고 스스로를 타일렀다. 문교부에서는 요 몇 년 동안 이런 제의를 전혀 받아들이지 않는 상태여서, 나보다 선배이고 업적으로 보아서도 나에게 뒤지지 않는 사람들이 헛되이 발령을 기다리고 있는 형편이었기 때문이다. 나의 경우만이 순조롭게 진행될 리가 없었다. 그래서 속으로는 아무래도 좋다고 생각하고 있었다.

나는 원래 그다지 명예욕이 강한 편이 아닌데다 부족하나마 의사로서 일하여 그럭저럭 성과도 올리고 있었으므로 명예 같은 것은 아무래도 좋았다. 아무튼 막연한 이야기였기에 그것을 가지고 이러쿵저러쿵 할 것은 못 되었다.

어느 날 밤, 전부터 친하게 지내던 동료 한 사람이 찾아왔다. 역시 교수 임용의 발령을 기다리고 있던 사람이었는데, 이 동료의 운명을 나는 스스로의 훈계로 삼고 있었다. 교수 후보자로 승진한다는 것은 환자들이 볼 때 절반은 신이 된 거나 다름없었다. 그래서 이 동료는 이미 오랫동안 교수 임명을 기다리고 있는 데다가 나처럼 단념도 하지 않고 있어서 이따금 문교부에 나가서 자기 일이 잘 진척되도록 운동을 계속해왔다. 그날 밤도 문

교부에 다녀오는 길에 들른 것이다.

그의 말에 의하면 그 날은 국장을 찾아가서, 자신의 교수 임명이 늦어지는 까닭이 자기가 유대인이기 때문인지를 단도 직입으로 물어 보았다는 것이다. 그 대답은 확실히 그 말대로 — 현재의 정세로는 — 장관께서도 당장은 어쩔 수 없다고 하더라는 것이다. "그러니까 나도 내 일이 어떻게 돌아가는지를 모르는 형편일세." 하고 친구는 말을 맺었는데, 이 이야기는 나에게 아무것도 가져다 주지 않고 오히려 체념만 강하게 북돋아 주었을 따름이었다. 유대인이라는 인종상의 문제는 나에게도 해당되었기 때문이다.

이 방문을 받는 날 밤, 새벽녘에 나는 다음과 같은 꿈을 꾸었다. 그 형식으로 말하더라도 상당히 재미있는 꿈이다. 이 꿈은 두 관념과 두 형상으로 되어 있어서, 한 관념과 한 형상이 서로 교대하고 있었다. 그러나 나는 여기서 이 꿈의 앞부분만을 소개하기로 하겠다. 후반부는 이 꿈을 이야기하는 목적과 관계가 없기 때문이다.

친구 R은 나의 백부가 되어 있다. — 나는 그에 대해 매우 친애감을 가지고 있다.

내가 본 R의 얼굴은 여느 때와 좀 다르게 보인다. 얼굴이 좀 길어진 것 같고 얼굴 둘레에 난 노란 수염이 특히 뚜렷하게 눈에 띈다.

여기에 다시 한 관념과 한 형상, 즉 내가 생략한 후반부가 이어진다. 이 꿈에 대한 해석은 다음과 같이 행하여졌다.

나는 오전 중에 이 꿈을 생각했을 땐 웃음을 터뜨리고 개꿈이라고 생각했다. 그런데 왠지 하루 종일 이 꿈이 머리에 달라붙어 떠나지 않았다. 나는 저녁 무렵 이렇게 자신을 힐난했다.

"만일 너의 환자 중의 한 사람에게 꿈을 해석하기 위해 꿈 이야기를 해달라고 했을 때 그가 '이건 개꿈입니다' 하고 더 이상 말을 하려 하지 않는다면, 너는 그 환자를 나무라고는 그 꿈의 배후에는 어떤 불쾌한 일이 숨겨져 있으니까 환자가 그걸 알고 싶어하지 않는 거라고 추측할 것이다. 너 자신에 대해서도 그와 똑같은 태도를 취하는 게 어떤가. 이 꿈이 개꿈이라는 네 의견은 바로 꿈 해석에 대한 마음 속의 저항을 뜻하고 있는 것이다. 여기서 중단해서는 안 된다."

이리하여 나는 그 꿈 해석에 착수했다.

꿈의 해석

R이 나의 백부가 되어 있다. 이것은 무슨 뜻일까? 나에게 백부라고는 꼭 한 분밖에 없다. 요셉이라는 백부다. 이 백부에게는 슬픈 이야기가 있다. 30여 년 전 이야기인데, 그는 돈을 벌려다가 법에 저촉되는 일을 하여 벌을 받게 되었다. 나의 아버지는 그것을 너무 걱정한 나머지 불과 며칠 사이에 머리가 셀 정도였는데, 입버릇처럼 "너의 요셉 백부님은 절대로 나쁜 사람이 아닌데, 생각이 조금 모자라서 그랬어"라고 말하곤 했다. 그래서 친구인 R이 나의 백부 요셉으로 되어 있다면, 나는 이렇게 말하려고 한다. "R은 생각이 조금 모자란다." 그러나 이런 일은 인정할 수 없고 매우 불쾌하기도 하다! 그런데 꿈 속의 얼굴은 R보다도 길고 노란 수염을 기르고 있다. 실지로 백부는 얼굴이 길고 얼굴 둘레에 보기 좋은 금빛 수염이 나 있었다. 친구 R의 수염은 까만데, 검은 털이 세기 시작하면 젊었을 때와는 달리 추한 모습이 되는 법이다. 그 검은 털이 하나하나 보기 싫은 색깔이 변화를 거친다. 우선 적갈색이 되었다가 황갈색으로, 이어서 회색이 된다. 친구 R의 수염은 마침 이 회색의 단계에 와 있었다. 나의 수염도 섭섭하지만 벌써 그런 빛깔이 되었다. 꿈에서 본 얼굴은 친구 R의 얼굴이기도 하고 또 백부의 얼굴이기도 했다. 그것은 마치 가족들의 유사점을 찾아내기 위하여 몇 사람의 얼굴을 같은 한 장의 건판(乾板) 위에 촬영하는 갈튼의 몽타주 사진 같았다. 그러고 보면 역시 내가, '친구 R은 좀 모자란다, 요셉 백부처럼' 하고 생각하고 있음에 틀림없는 것 같다.

나는 줄곧 시인하고 싶지 않은 이런 관계를 내가 무슨 목적으로 만들었는지 아직 도무지 알 수가 없었다. 이 관계는 아무래도 그다지 깊은 것은 아니었다. 그것은 백부는 죄를 범한 사람이고, 친구인 R은 청렴 결백한 사람이었으니까. 그러나 R도 전에 오토바이로 소년을 치어서 처벌받은 일이 있었다. 나는 이 일을 생각했던 것일까? 그렇다면 양자의 비교는 하늘과 땅 차이다. 그러나 그때 문득 며칠 전에 다른 동료인 N과 나눈 다른 대화가 생각났다. 거기서도 같은 화제가 나왔다. 나는 길에서 N과 만났던 것이다. 그도 역시 교수 후보자로 추천되어 있었다. 그리고 내가 추천받은 것을 알고 있어서 축하하여 주었다. 나는 그 축하 인사를 받아들이지 않았다. "당신도 이런 제의의 가치를 잘 아실 텐데 무슨 그런 농담을 하십니까?" 이렇게 내가 말하자 그는 진심은 아니었겠지만, 이렇게 대답했다. "어떤 사람이 한 번 나를 고소했지요. 그래서 조사를 받았지 뭡니까, 어리석은 협박이었지만. 그러나 나는 고소한 상대방 여자가 처벌을 받아서는 딱하다 싶어 얼마나 애를 썼는지 모릅니다. 그런데 관청에서는 이 사건을 교묘하게 역이용하여 나에게 교수 임명을 하지 않으려고 하는 모양입니다. 하지만 당신은 아주 결백한 분이니까 발령이 날 겁니다." 그래서 나는 이 사람이 죄를 범했다는 것을 알았고 동시에 나의 꿈 해석과 의향도 알았던 것이다. 이 꿈 속에서 백부 요셉은 교수 발령이 나지 않은 두 동료를 나타내고 있었던 것이다. 한 사람은 모자라는 사람으로서, 한 사람은 죄를 범한 사람으로서, 그리고 또 왜 나에게 이런 표현이 필요하였는가도 알았다. 만약 친구인 R과 N의 교수 발령 지연이 유대인이라는 데에 있다면, 나의 교수 임명도 의심스럽게 된다. 그러나 두 사람의 교수 임명의 거부를 다른 이유로 돌릴 수가 있고, 그 이유가 나에게 전혀 해당되지 않는 것이라면, 나에게는 임명될 가능성이 있게 된다. 나의 꿈은 이런 식으로 진행되었던 것이다. 즉, 한쪽의 R을 모자라는 사람으로, 다른 한쪽의 N을 범죄자로 만들었다. 나는 어떤가 하면 그 어느 쪽도 아니다. 우리들 사이의 공통점은 없어지므로 교수 임명을 마음놓고 기다려도 된다. 그래서 R의 보고, 즉 국장이 R에게 한 말을 나 자신에게 적용하여야 된다는 상황에서 나는 무사히 벗어난 것이다.

꿈의 왜곡

그러나 나는 이 꿈을 해석하는 데 있어서 이때까지 전혀 고려되지 않았던 부분이 아직도 이 꿈에 포함되어 있었다는 것이 생각났다. R을 백부로 안 뒤에 나는 꿈속에서 R에 대해 친근감을 느꼈다. 이 감정은 어떻게 하여 생겼는가? 백부 요셉에게 나는 이제까지 아직 정을 느껴 본 적이 없었다. R은 오래 전부터의 친구이다. 그러나 가령 내가 R을 찾아가서 꿈에서 느낀 것 같은 친근감을 말로 표현한다면, 그야말로 R은 깜짝 놀랄 것이다. R에 대한 나의 친근감은 진실이 아니고 과장되어 있는 것같이 여겨진다. 마치 내가 R을 백부로 혼동함으로써 내린 그의 정신적 능력에 대한 나의 판단이 사실이 아니고 과장되어 있는 것과 마찬가지다. 그러나 거기서 나에게는 새로운 사태가 희미하게 알려진다. 꿈속에서의 친근감은 잠재 내용, 즉 꿈의 배후의 사고에 속하는 것이 아니다. 그것은 잠재 내용과 대립적인 것이어서, 꿈 해석의 지식을 나에게서 감추어 버리려는 것이다. 아마 감추려는 이것이 바로 친근감의 본래의 임무일 것이다. 그래서 생각나는 일이지만, 나는 처음에 이 꿈 해석에 얼마나 저항을 느꼈던지 될 수 있는 대로 그것을 연기하려고 했고, 이 꿈을 정말 개꿈이라고 단언했다. 이런 거부 판단을 어떻게 해석해야 되는가는, 나의 정신 분석적 치료에는 나는 잘 알고 있다. 그런 거부 판단은 하등 인식상의 가치를 갖지 않으며, 다만 감정 표백(表白)의 가치밖에 갖지 않는 것이다. 이를테면 나의 작은딸이 사과를 얻었는데, 그것이 먹기 싫을 때는 먹어보라고 우길 것이다. 나의 환자들이 이 딸처럼 행동한다면, 그 경우에는 그들이 '억압'하고자 하는 어떤 관념이 존재하고 있음을 알 수 있다. 같은 일이 나의 꿈에도 들어맞는다. 내가 이 꿈을 해석하기 싫어하는 것은 해석에 따라서는 나에게 어떤 유쾌하지 못한 일이 나타날 것이기 때문이다. 그 유쾌하지 못한 것이 무엇인지는 분석이 끝낸 뒤에야 알았다. 그것은 R이 모자라는 사람이라는 주장이었다.

내가 R에 대해 느낀 친근감은 꿈의 잠재적 사고 때문이 아니라 나의 이 재미스럽지 못한 기분 때문인 것이다. 나의 꿈이 그 잠재 내용과 비교할 때 이 점에서 왜곡되어 있다면, 더욱이 정반대로 왜곡되어 있다면, 꿈 속에 나타난 친근감은 이 왜곡 때문에 생긴 것이다. 바꿔 말하자면, '왜곡'은 이 경우 고의적인 것임을 알 수 있다. 즉 '위장(僞裝)'의 한 수단임을 알 수 있다. 내가 꾼 꿈의 배후 사고에는 R에 대한 비방이 포함되어 있어서 이 비방을 나 자신에게 못 느끼게 하기 위하여 그 대신으로 정반대의 친근한 정이 꿈 속에 들어온 것이다.

나는 마음 내부의 생활에서 생기는 이 현상과 비교될 만한 것을 생활 속에서 찾아보고자 한다. 사회생활의 어디에서 이와 비슷한 심적 행위의 왜곡을 찾아볼 수 있을까? 여기에 두 인물이 있는데 한편은 어떤 권력을 가지고 있고 다른 한편은 그 권력의 눈치를 보아야 할 처지에 있는 경우가 바로 그럴 것이다. 이럴 경우 제 2의 인물은 그 심적 행위를 왜곡한다. 표현을 바꾸어서 말하자면, 이 제 2의 인물은 스스로를 '위장한다'. 예를 들면 내가 매일 사람들에게 보여 주는 예절은 그 대부분이 이런 위장이다. 내가 나의 꿈을 독자들을 위해 해석해 보일 때 나는 아무래도 그런 왜곡을 하고 만다. 이런 왜곡을 피하기 어려운 점에 관해서는 시인도 탄식하고 있다. (중략)

마음 속의 두 개의 힘

검열의 여러 현상과 꿈 왜곡의 여러 현상이 극히 세밀한 부분에까지 일치하는 것에서, 우리들은 당연히 양자에 대해 비슷한 여러 조건을 전제로 하여 생각해도 상관없다. 그러므로 꿈의 형성자(形成者)인 개개인에게는 두 가지 심적 힘(흐름·조직)이 있다고 가정해도 무방할 것이다. 이 두 가지 힘 중에 한쪽은 꿈에 의해 표현되는 소망을 형성하고, 다른 한쪽은 이 꿈의 소망에 검열을 가하고, 그 검열을 통해서 표현을 왜곡시킨다. 문제는 다만 그 제 2의 검문소의 검문 행사를 허용하는 권능이 어디에 있느냐는 데에 있다. 꿈의 잠재 사고는 분석되기 이전에는 의식되지 않는다. 그러나 이 잠재 사고에서 나오는 꿈의 내용은 의식된다는 것을 돌이켜 생각해 볼 때, 제 2의 검문소의 역할은 의식되기를 허용하느냐 않느냐는 점에 있다고 생각해도 좋을 것이다. 제 2의 검문소를 통과하지 않는 것은 제 1의 조직(잠재 사고)에서 나와 의식 속으로 들어갈 수 없다. 그리고 제 2의 검문소는 자기 권리를 행사하여, 의식 속으로 들어오려는 것을 자기에게 편리하도록 변경하지 않고는 그 어떤 것에도 통과를 용납하지 않는다. 이렇게 생각할 때 우리들은 의식의 '본질'에 관해 독특한 견해를 세우지 않으면 안 된다는 것을 깨닫는다. 말하자면, 의식화한다는 것은 표상하는 과정과는 다른, 독립된 특수한 심적 행위이므로 의식은 다른 장소에서 주어진 내용을 지각하는 한낱 감각 기관처럼 여겨진다. 정신 병리학에 있어서는 이러한 근본적 가정이 불가결한 것임을 알 수 있다. 이런 근본적 가정의 상세한 연구는 뒤로 미루어 두기로 하자.

심적 검문소 두 개와 의식에 대한 그 관계라는 것을 염두에 둔다면, 내가 꿈 속에서 친구 R에 대해 느낀 주목할 만한 친근감(더욱이 꿈을 해석한 결과 R은 그토록이나 경멸 당하고 있다)과 대비시킬 만한 일들이 인간의 정치 생활에서 아주 빈번하게 발생한다. 가령 내가 지금 군주와 여론이 서로 날카롭게 다투고 있는 국가에서 살고 있다고 치자. 민중은 자기들이 좋아하지 않는 어떤 관리에게 반항하고 그의 파면을 요구한다. 그럴 때 군주는 자기가 민중의 의사를 고려하여야 한다는 것을 인정하지 않으려고 공연히 아무런 이유없이 그 관리를 표창할 것이다. 그와 마찬가지로 나의 제 2의 검문소, 즉 의식으로 들어가는 것을 관리하는 검문소는 친구 R을 관대한 친근감에 의해서 표창한다. 제 1의 조직인 소망 노력이 R을 현재 바로 문제삼고 있는 어떤 특별한 관심에서 모자라는 사람으로서 욕하려 하고 있기 때문이다.

꿈의 감추어진 뜻

이렇게 되면 우리들이 인간의 심적 장치의 구조에 관한 해명을 지금까지 철학에서 헛되이 기대해왔던 것과는 달리 꿈 해석에서 얻을는지도 모른다고 생각될 것이다. 그러나 그 문제는 미루어 두고, 꿈 왜곡에 대한 해명이 끝났으니 다시 문제의 핵심으로 되돌아가기로 한다. 그 문제란 이렇다. 모든 꿈은 소망을 충족시키는 것이라는데 고통스러운 내용을 가진 꿈이 도대체 어떻게 소망 충족으로서 해석될 수 있는가. 지금 우리들에게 꿈 왜곡이 행하여져서 고통스러운 내용은 소망된 내용의 위장을 돕고 있을 따름이라고 한다면 고통스러운 꿈도 사실은 소망 충족임을 알 수 있다. 위에서 말한 두 가지 심적 검문소에 관한 우리들의 가정을 고려하면서 이제 또 다음과 같이 말할 수 있다.

고통스러운 꿈은 사실상 제 2 검문소에게는 고통스러운 어떤 것, 그러나 동시에 제 1 검문소의 소망을 채우는 어떤 것을 함유하고 있다. 그러므로 고통의 꿈까지를 포함해 모든 꿈은 제 1 검문소에서 오는 것이며, 제 2 검문소가 꿈에 대해서 위장을 하는 정도의 단순히 방어적인 태도를 취할 뿐, 결코 창조적으로 꿈에 대해 기여하는 것에만 한정한다면 우리들은 꿈을 절대로 이해하지 못한다. 그러다가는 지금까지 여러 학자들이 꿈에 관해서 지적해 온 수수께끼가 영원히 풀리지 않을 것이다. 제 2 검문소가 검열을 통해 위장을 하더라도 모든 꿈은 실제로 감추어진 뜻을 지니고 있으며 이 감추어진 뜻은 예외 없이 모두 '그렇게 되었으면 하는 소망'의 충족이다.

지그문트 프로이트, 김인순 옮김, 『꿈의 해석』, 열린책들, 2006, 179-189쪽.

● 이 글을 읽고 아래 물음에 답해보자.

① 다음은 이 글의 전체적인 주요 전개과정을 기술한 것이다. 빈 칸에 들어갈 내용을 본문에
　서 찾아 정리해보자.

– 조교수 제안

– 친구 R과의 대화

– 친구 R이 등장하는 (　　　　　　　)

– 꿈의 내용:

–꿈에 대한 프로이트의 분석

–꿈의 해석 결과

② 이 글에서 프로이트가 친구 R에 대한 자신의 꿈을 해석한 결과를 정리, 요약하여 아래에
　적고 친구에게 설명해보자.

③ 프로이트가 자신의 꿈이 왜곡되었음을 발견하고 이에 대해 설명하고 있는 내용에 대해 옆 자리에 앉은 친구에게 자세히 설명해봅시다.

④ 자신이 최근에 꾸었던 꿈 중 기억나는 것을 아래에 적고, "모든 꿈은 자신의 소망의 충족 이다"라는 프로이트의 관점에 따라 이 꿈을 분석해보자.

⑤ 인간의 삶에서 의식보다 무의식이 더 많이 작용한다는 데 대한 자신의 생각을 밝히고 이 에 대한 근거를 갖추어 글을 한 편 써보자.

타인과 어떻게 함께 살아갈 것인가?(사회)

1) 개인과 세계

이 글은 자아 성찰을 통해 나를 발견하고, 나를 둘러싼 세상에 대해 사유해야 한다는 주제를 담고 있다. 자기를 탐색하는 일은 나를 성찰하고 되돌아보는 것 외에도, 이상적인 나를 찾아가는 과정이자, 새로운 자기의식을 형성하는 동력이 되기도 한다. 그런 점에서 '나는 누구'이며, '나의 생각은 어디서 왔는가'와 같은 질문은 사회 공동체 일원이 가질 수 있는 가장 핵심적인 논의다. 홍세화의 글을 통해 나를 탐색하고 정체성이 형성되는 과정을 사유해 보고자 한다.

생각하는 사람?

미술 교과서에 실렸기 때문일 것이다. 로댕의 작품인 <생각하는 사람> 조각상을 머릿속에 갖고 있지 않은 한국 사람은 드물다. 파리 시내 앵발리드 광장에서 가까운 로댕 박물관에 들어서면 뜰 왼쪽에서 <지옥문>과 노블레스 오블리주의 전형적인 인물들인 <칼레의 시민들>을 볼 수 있고, 오른쪽으로 발걸음을 옮기면 <생각하는 사람>과 마주하게 된다. 가까이에 <발자크> 상도 있다. <생각하는 사람>은 로댕이 단테의 『신곡』에서 영감을 받아 제작한 <지옥문>의 한 부분이었다. 문에는 지옥으로 들어가는 인간 군상의 고통과 죽음의 상들이 펼쳐져 있다. 평론가들은 로댕이 <지옥문> 중앙 상단에 인간을 심판하는 절대자 대신에 <생각하는 사람>을 올려놓은 것과 관련하여, 고뇌하는 단테를 염두에 둔 것이라고 말하기도 하고, 지옥에 몸을 내던지기 전에 자신의 삶과 운명을 처절하게 되돌아보는 인간의 내면세계를 표현한 것이라고 말하기도 한다. 그렇게 고뇌하거나 자신의 삶과 운명을 치열하게 되돌아보는 모습은 아니더라도 우리는 일상 속에서 생각하는 사람으로 살아가고 있을까?

"나는 생각한다. 그러므로 나는 존재한다." 우리는 이 말이 17세기 철학자 데카르트의 명제임을 잘 알고 있다. 여기서 우리가 잘 알고 있다는 건 무엇일까. 과연 무엇을 잘 알고 있다는 것일까. "나는 생각한다, 그러므로 나는 존재한다"는 말을 한 이가 프랑스 철학자이고 17세기 사람이라는 것을 잘 알고 있다는 것일까. 내가 만약 생각하고 살고 있다면 어떻게 생각하면서 살고 있을까? 내가 "내 생각은 어떻게 내 생각이 되었나?"라는 물음을 강조한 것은 이 물음이 생각하는 사람의 조건이며 출발점이라고 보기 때문이다. 내가 생각하는 존재라면 , "내 생각은 어떻게 내 생각이 되었나?"라는 물음을 부단히 던져야 한다. 내가 갖고 태어나지 않은, 지금 내가 갖고 있는 "내 생각은 어떻게 내 생각이 되었나?"라고 물어야 생각하는 사람이라고 할 수 있기 때문이다. 이 물음이 복잡하거나 어려운 분석적 사유를 요구하는 것도 아니다. 그렇지만 한국사회 구성원의 대부분은 이 물음과 만나지 않은 채 살아가고 있고 단 한 번도 묻지 않은 채 죽음에 이르기도 한다. 내 논리에 따르면, 거의 모두 생각하는 사람으로 살고 있지 않은 것이다.

그렇다면 이미 완성 단계에 이른 사람들인데 생각하는 사람이 아니라는 건가? 실상은 생각하는 사람이 아니므로 완성 단계에 이른 양 살아가고 있는 것이다. 이에 관해 찬찬히 살펴 보자. 사람은 생각하는 동물이지만 생각을 갖고 태어나지 않는다. 누구나 쉽게 알 수 있는 말이다. 이 말 중에 '생각하는'은 동사이며 과정인 데 반해, '생각'은 명사이며, 결과물임을 알 수 있다. 데카르트의 명제에서도 동사 '생각한다'가 나온다. '생각하다'라는 동사의 사전적 풀이는 "사물을 헤아리고 판단하거나 앞으로 일어날 일에 대하여 상상해 보거나 어떤 일에 대한 의견이나 느낌을 가지는 것"이다. 다시 말해, "나는 생각한다"라고 말할 때 그것은 사유의 주체로서 나 자신이 무엇인가를 헤아리거나 판단하거나 상상하거나 의견이나 느낌을 가진다는 것을 뜻한다. 그러면 명사이면서 결과물로 머릿속에 응고되어 있는 '생각'은 어떨까? 내가 지금 갖고 있는 생각들은 내가 세상에 태어난 후 사회화 과정을 통해 형성된 것으로서, 정리되어 있거나 아니거나 내 삶의 가치관, 세계관, 인생관이 담겨 있으므로 내 삶의 지향을 규정한다. 그렇다면, 내가 지금 갖고 있는 생각들이 어떤 것들이고 어떤 경로로 갖게 되었는지 묻고 생각해야 사람이라고 말할 수 있다. 다시 말해, 내가 갖고 태어나지 않았지만 내 삶의 지향을 규정하는 내 생각을 내가 어떻게 형성했는지 묻지 않은 채 살아간다면, 그런 나를 생각하는 사람이라고 말할 수 없다는 뜻이다. 게다가 다른 사람과 마찬가지로 나 또한 지금 갖고 있는 생각을 고집하면서 내 삶의 푯대로 삼고 있는데, 그 생각을 내가 어떻게 갖게 되었는지 생각해본 적이 없다면, 그런 나를 생각하는 사람이라고 말할 수 있을까?

결론부터 말하자면, 다른 사회의 구성원들과 달리 우리에게는 '생각하다'의 과정 없이 '생각'을 머릿속 가득 입력하여 갖고 있다는 특별한 점이 있다. 한국의 대부분의 '나'들은 "내 생각은 어떻게 내 생각이 되었나?"라는 물음을 던지고 생각해 본 적이 없을 만큼 생각하면서 살고 있지 않음에도 머릿속에는 많은 생각을 충만하게 갖고 있다. 따라서 우리는 이렇게 바꿔 말해야 한다. 나는 생각하는 존재라기보다 '생각하지 않은 생각'으로 충만하고 그것을 고집하면서 살아가는 존재라고, 이것이 이미 완성 단계에 이른 듯 살아가는 사람들의 양태다.

홍세화, 『결: 거칢에 대하여』, 한겨레출판, 2020, 83-86쪽.

● 이 글을 읽고 아래 물음에 답해보자.

① 본문에 서술한 '완성단계에 이른 자'와 '생각하는 자'의 차이를 설명해보자.

② '생각하는 사람'이 되기 위한 자기성찰의 여러 방법을 생각해보자.

③ 아래 문제를 통해 '새로운 자기의식'을 형성하는 것이 단지 '생각하는 것'에 그치지 않고
   구체적으로 나의 삶의 과거, 현재, 미래를 변화시키는 과정이 될 수 있다는 점을 생각하고
   자 한다. '전공선택'이라는 현재에 대해 성찰하는 계기를 마련해보자.

전공 선택의 계기(과거)	
만약 다른 전공을 선택했다면 현재의 나의 모습은 어떻게 변해 있을까?	
현재 나의 모습은 어떻게 변해 있는가?(현재)	
전공 선택 이후 미래의 나의 모습은 어떠할까?	

2) 개인과 국가

'나는 누구인가'라는 자기 탐색에서 가장 중요한 세계 중 하나는 국가이다. 이 글은 미국 독립운동의 기초 이념을 담당했으며, 1789년 프랑스 대혁명의 정신이었다는 장-자크 루소의 『사회계약론』이다. 이 글은 신분제 왕권 사회에서 국민의 자유의지와 주권의 문제 등 민주주의 실현에 대한 이념적 근간을 고찰하였다. 이제 국가는 애국의 대상도 충성의 대상도 아니다. 오히려 개인과 국가는 협약으로 성립된 공동사회라는 점에서, 『사회계약론』이 주장하는 자발적 계약 공동체의 개념은 요즘 시대 정신을 관통한다. 시민으로서의 권리와 자유의지, 공동선 등의 개념을 통해 민주주의 사회와 국가 그리고 개인에 대해 탐색하고자 한다.

사회계약론

1장 1권의 주제

인간은 자유롭게 태어나 어디에서나 쇠사슬에 묶여 있다. 자신이 다른 사람들의 주인이라고 믿는 자가 그들보다 더 노예로 산다. 이런 변화가 어떻게 일어났을까? 모르겠다. 어떻게 하면 이 변화를 정당한 것으로 만들 수 있을까? 이 문제는 내가 풀 수 있다고 생각한다.

만약 힘과 힘에서 나오는 결과만을 고려한다면 나는 이렇게 말할 것이다. 누군가 한 인민을 강제로 복종시켰고 그래서 그들이 복종하고 있다면, 그 인민은 잘하고 있는 것이다. 그런데 멍에를 벗을 수 있게 되어, 그래서 그 즉시 멍에를 벗어버린다면, 그들은 훨씬 더 잘하는 것이다. 왜냐하면 이것은 그들에게서 자유를 빼앗아 간 것과 동일한 권리를 통해 자유를 회수하는 것이라, 그들이 자유를 다시 취할 근거가 분명하든지 아니면 그들에게서 자유를 빼앗은 행위가 근거 없는 것이었든지, 둘 중 하나이기 때문이다. 사회질서는 다른 모든 권리의 기초가 되는 신성한 권리다. 그런데 이 권리는 자연에서 유래하지 않고, 따라서 합의에 근거를 둔다. 중요한 것은 이 합의가 무엇인지 아는 것이다.

3장 강자의 권리에 대해

힘을 권리로, 복종을 의무로 변형시키지 않는다면, 가장 강한 자도 언제까지나 지배자일 수 없다. 그 정도로 강할 수는 없기 때문이다. 그래서 강자의 권리라는 것이 있다. 사람들은 이 권리를 겉으로는 빈정대지만, 실제로는 원리로 확립하고 있다. 하지만 이 말에 대한 해

명은 언제쯤이나 듣게 될까? 힘은 물리적 역량이다. 힘의 결과로 어떤 도덕성이 도출될 수 있는지 나는 알지 못한다. 힘에 굴복하는 것은 필연적인 행위이지, 의지의 행위가 아니다.

그것은 기껏해야 신중한 행위일 뿐이다. 어떤 의미에서 이것이 의무가 될 수 있단 말인가?

이른바 권리라는 이것을 잠시 가정해 보자. 나는 이 가정이 설명할 수 없는 혼란만 일으킨다고 말하겠다. 힘이 권리를 만든다면, 결과가 원인과 자리를 바꾸게 되어 어떤 힘이라도 첫 번째 힘을 이기면 권리를 계승하게 된다. 처벌을 피해 복종하지 않을 수 있다면 그 즉시 정당하게 그럴 수 있으며, 강자는 항상 옳기에 오직 강자가 되는 것만이 중요할 뿐이다. 그런데 힘이 멈추면 함께 소멸하는 권리란 대체 무엇인가? 힘 때문에 복종해야 한다면 의무 때문에 복종할 필요는 없으며, 복종이 강제되지 않을 땐 복종할 의무도 사라진다. 따라서 권리라는 말이 힘에 어떤 것도 덧붙이지 않음을 보게 된다. 이 경우 권리는 어떤 것도 의미하지 않는다.

권력에 복종하라. 이것이 힘에 굴복하라는 뜻이라면 좋은 가르침이긴 하나 불필요하다. 나는 누구도 이 가르침을 위반하지 않을 것이라고 응수할 것이다. 모든 권력이 신으로부터 나온다는 것을 인정한다. 그런데 모든 병도 신으로부터 온다. 그렇다고 해서 의사를 부르는 것이 금지되는가? 강도가 숲 한구석에서 나를 덮친다고 하자. 나는 힘에 눌려 지갑을 내주어야 할 뿐만 아니라, 지갑을 감출 수 있는데도 양심적으로 내주어야만 하는가? 그가 쥐고 있는 권총 또한 결국 권력이니까?

그러므로 힘은 권리를 만들지 않는다는 사실을, 그리고 우리의 의무는 오직 정당한 권력에만 복종하는 것뿐이라는 사실을 인정하자. 따라서 언제나 내 최초의 질문으로 돌아가게 된다.

6장 사회계약에 대해

나는 인간이 다음 지점에 이르렀다고 가정한다. 자연상태에서 인간의 보존을 방해하는 장애물들의 저항력이, 개인이 자연 상태에서 자신을 유지하기 위해 사용할 수 있는 힘을 능가하게 되었다. 그때 원시상태는 더 이상 존속할 수 없으며, 인류는 존재 방식을 바꾸지 않으면 소멸할 것이다.

그런데 인간은 새로운 힘을 만들어 낼 수 없고 다만 존재하는 힘들을 합하고 지휘할 수 있을 뿐이다. 따라서 응집을 통해 여러 힘을 모아 저항력을 이겨내고, 하나의 동력으로 힘들을 작동시켜 힘들이 일치 협력하여 움직이도록 하는 것만이 자신을 보존하기 위한 유일한 수단이다.

이렇게 힘을 합하는 것은 오직 여럿의 협력을 통해서만 가능하다. 하지만 각자의 힘과 자유는 자신을 보존하기 위한 일차적인 도구들인데, 어떻게 그가 자신에게 해가 되지 않게 하면서 그리고 자신에게 쏟아야 하는 보살핌도 등한시하지 않으면서 이 도구들을 투입할 수 있을 것인가? 나의 주제로 귀착하는 이 어려움을 다음과 같은 표현으로 진술해 볼 수 있겠다.

공동의 힘을 다해 각 회합원의 인격과 재산을 지키고 보호하며, 각자가 모두와 결합함에도 오직 자기 자신에게만 복종하기에 전만큼 자유로운 화합형식을 찾는 것. 바로 이것이 사회계약으로 해결하려고 하는 근본 문제다.

계약의 조항들은 이 계약행위 자체의 본성에서 도출되어 결정되기에, 조금만 수정해도 소용없는 것이 되고 어떤 효과도 낳지 않는다. 따라서 아마도 한 번도 형식적으로 진술된 적이 없다 해도, 이 조항들은 어디에서나 동일하며 어디에서나 암묵적으로 인정되고 승인된다. 그리고 이 암묵적 승인은, 사회계약이 위반되어 각자가 본래 권리를 되찾아, 합의에 의한 자유를 상실하고 이를 위해 포기했던 자연적 자유를 회복할 때까지 유지된다.

잘 이해해 보면 이 조항들은 모두가 단 하나의 조항으로 귀착된다. 즉 각 회합원은 자신의 모든 권리와 함께 공동체 전체로 완전히 양도된다. 우선, 각자가 자신을 전부 주기에 계약조건이 모두에게 공평하며, 조건이 모두에게 공평하기에 어떤 사람도 계약조건이 타인에게 부담이 되도록 만드는 데 관심을 갖지 않는다.

게다가 이것은 아무것도 남겨 두지 않는 양도여서, 최대로 완전한 결합이 이루어지며 어떤 회합원도 요구거리를 가질 수 없다. 만약 개별자들에게 몇몇 권리가 남아 있게 되면, 각자는 어떤 사안에서 스스로 심판자 역할을 하게 되어 곧 모든 사안에 있어서 그렇게 되길 바랄 것이다. 왜냐하면 이들과 공중 사이에서 판결을 내려 줄 공통의 상급자가 없기 때문이다. 따라서 자연상태가 계속될 것이며, 회합은 필연적으로 압제적이거나 무의미한 것이 된다.

마지막으로, 각자는 모두에게 자신을 주기에 아무에게도 주지 않는다. 또한 누군가 다른 회합원에게 자신에 대한 권리를 넘기면 그도 상대방에 대한 동일한 권리를 획득하기 때문에, 잃어버린 모든 것의 등가물이 주어지며, 게다가 현재 가지고 있는 것을 더 큰 힘으로 보호하게 된다.

따라서 사회계약에서 그것에 본질적이지 않은 것을 제외한다면, 우리는 사회계약이 다음의 말로 환원됨을 알게 될 것이다. 우리 각자는 공동으로, 자신의 인격과 모든 힘을 일반의지의 최고 지도 아래 둔다. 그리고 우리는 단체로서 각 구성원을 전체의 분리 불가능한 부분으로 받아들인다.

그 즉시 이 회합행위는 각 계약자의 개별적인 인격이 있던 자리에, 집회의 투표수와 동수인 구성원으로 이루어진 집단적 가상단체를 생산하며, 이 단체는 이와 같은 회합행위로부터 통일성, 공동의 자아, 그리고 생명과 의지를 부여받는다. 이렇게 나머지 모든 인격의 결합을 통해 형성되는 이 공적 인격은, 예전에 도시 국가라는 이름을 가지고 있었고, 지금은 공화국 또는 정치체라는 이름을 가진다. 구성원들은 이 공적 인격이 수동적일 땐 국가로, 능동적일 땐 주권자로, 그리고 그것을 동류들과 비교할 때 권력이라고 부른다. 회합원들은, 집단으로서는 인민이라는 이름을 가지며, 개별적으로 지칭될 땐 주권의 권한에 참여하는 자로서는 시민으로, 국가의 법에 종속된 자로서는 신민으로 불린다. 하지만 이 말들은 흔히 혼동되고 하나가 다른 하나로 이해되므로, 매우 정교하게 사용되는 경우에 구별할 수 있으면 된다.

장자크 루소, 김영욱 역, 『사회계약론』, 후마니타스, 2018, 11-26쪽.

● 이 글을 읽고 아래 물음에 답해보자.

① 위 예문을 각 장 별로 요약해 보시오.

장	요약
1장 1권의 주제	
3장 강자의 권리에 대해	
6장 사회계약에 대해	

② 아래의 관점에서 〈사회계약론〉을 생각해보자.

> 루소의 18세기와 우리의 21세기 사이에는 시대적 격차 못지않게 인간과 자연을 보는 문화적 관점에서 현격한 차이를 볼 수 있다. 인간의 무한한 가능성에 대한 믿음으로 전파된 서양의 계몽주의 시대에 비해 오늘의 우리 사회에서는 인간의 어쩔 수 없는 한계를 절실하게 느끼고 있다. 빈곤, 무지(無知), 폭력, 비굴로부터의 자유를 얻기가 얼마나 어려운가를, 함께 잘 살아가는 민주공동체를 만든다는 것이 얼마나 힘든 작업인가를 우리는 이미 실감한 지 오래다. 일제 침략에 의한 제국주의 시대의 시련을 넘어서면서 우리가 선택한 민주공동체 국가와 사회체제를 어떻게 정당화하고 효율적으로 운영해 나갈지는 풀리지 않는 당면과제다. 우리 기준에 따라 우리나라의 정통성과 우리 공동체 구성원들의 꿈과 권리를 어떻게 조화, 융합, 일치시켜 나가느냐 하는 과제는 루소라는 천재가 250년 전에 씨름했던 작업과 전혀 무관한 것이 아니다.
>
> 이홍구, 다시 새겨보는 루소의 『사회계약론』, <중앙일보>, 2012.06.18.

③ 『사회계약론』은 정당한 권력, 공동선을 위한 구성원 간의 유대, 보편적 의지 등을 통해 사회계약이 성립됨을 역설하고 있다. 그렇다면 내가 생각하는 정의로운 권력으로서 국가는 어떤 모습인지 서술해보시오.

1) 과학 기술과 자연환경

〈침묵의 봄〉은 농업이 본격화된 시기, 미국의 해충 방제를 위해 개발된 신물질들이 어떻게 환경 문제로 연관되고 인간의 삶에 영향을 미치는지 논의한 글이다. 과학 기술은 인간의 삶에 지대한 영향을 미친다는 점에서 과학자들은 윤리의식과 사회적 책임 의식을 사유해야 한다. 이에 대한 적절한 예로 〈침묵의 봄〉은 과학자의 행보가 자연과 인간의 삶에 어떤 영향을 주는지 잘 설명하고 있다. 이 글은 문명의 발달이라는 명목하에 이루어진 환경 파괴와 그 해악이 인간에게로 되돌아오는 모순적 상황을 잘 묘사하고 있다. 〈침묵의 봄〉을 읽으면서 이에 대한 문제점을 생각해보고 과학자의 윤리의식, 나의 실천 방안 등을 생각해보고자 한다.

침묵의 봄

지구 생명의 역사는 생명체와 그 환경의 상호작용의 역사라고 할 수 있다. 넓은 의미로, 지구에 서식하는 동식물의 물리적 형태와 특성은 환경에 의해 규정된다. 지구 탄생 이후 전체적인 시간을 고려할 때 그 반대 영향, 즉 생물이 주변 환경에 미치는 영향은 상대적으로 미미하다. 20세기에 들어서 오직 하나의 생물종(種), 즉 인간만이 자신이 속한 세계의 본성을 변화시킬 수 있는 놀라운 위력을 획득했다.

지난 25년간 이 위력은 불안감을 심어줄 만큼 크게 증가했을 뿐 아니라 그 본질에도 변화가 생겼다. 환경에 대한 인간의 공격 중 가장 놀라운 것은 위험하고 때로는 치명적인 유독물질로 공기·토양·하천·바다 등을 오염시킨 일이었다. 이런 피해를 입은 자연은 원상태로 회복이 불가능한데, 그 오염으로 인한 해악은 생명체를 유지하는 외부 세계뿐 아니라 생물의 세포와 조직에도 스며들어 돌이킬 수 없는 재난을 불러온다. 보편적인 환경오염에서 화학물질은 세상의 근원—생명의 본질마저도—을 변화시키는 방사능의 사악하고 비밀스러운 동반자 구실을 한다. 핵폭발을 통해 공기 중으로 유출되는 스트로튬 90은 빗물에 섞이거나 낙진 형태로 토양에 스며들어 밭에서 자라는 건초, 옥수수, 밀 등에 침투

한다. 그 뒤 그것을 먹은 인간의 뼈 속에 축적되어 그가 죽을 때까지 체내에 남아 있게 된다. 이와 유사하게 농경지, 숲, 정원 등에 뿌려진 화학약품들은 토양 속에 머물다가 생체 기관 속으로 흡수되면서 각각의 생명체를 독극물 중독과 죽음의 사슬로 연결한다. 그것들은 비밀스럽게 지하수로 침투한 뒤 대기와 햇빛의 조화로 식물을 죽이고 가축을 병들게 하는 것이다. 또 예전에는 깨끗했지만 이제는 오염된 우물물을 마신 사람들에게 그 모습을 감춘 채 해를 입히곤 한다. 알베르트 슈바이처가 말한 것처럼 "인간은 자신이 만들어낸 해악을 깨닫지 못한다". ······

인간의 충동적이고 부주의한 활동으로 말미암아 자연의 신중한 속도와는 비교조차 할 수 없는 빠른 속도로 새로운 변화가 초래한다. 방사능은 암석에서 방출되거나 우주로부터 오기도 하고, 지구상에 생명체가 존재하기 전부터 있던 태양 자외선에도 포함되어 있다. 하지만 이것이 전부는 아니다. 오늘날의 방사능은 원자 조작을 통해 만들어진 인공적인 산물이다. 생물들이 적응해야 할 대상은 칼슘, 규소, 구리를 비롯해 암석으로부터 씻겨 내려와 강을 타고 바다로 흘러가는 광물질 만이 아니다. 이제는 인간의 상상력이 고안해내고 실험실에서 만들어진, 그렇기 때문에 자연 상태에서는 어떤 대응 상대도 없는 합성물질에도 적응해야만 한다.

생명체가 화학물질에 적응하려면 자연의 척도에 따라 적절한 시간이 필요하다. 이는 그저 인간이 생각하는 몇 년 정도를 의미하는 것이 아니다. 몇 세대에 이르는 오랜 시간이 필요하다. 설령 기적이 일어나 이런 물질에 쉽게 적응한다고 해도, 실험실에서 계속 새로운 화학물질들이 꼬리를 물고 쏟아져나올 것이므로 별 성과가 없을 것이다. 미국에서만 매년 500여 종의 화학물질이 등장해 사용된다. 이 놀라운 수치가 암시하는 것은 인간과 동물이 매년 500종의 새로운 화학물질에 적응해야 한다는 사실인데, 이는 생물학적 한계를 넘어서는 것이다.

이런 신물질 중 상당수는 인간이 자연에 대항해 벌이는 전쟁을 위해 만들어진 것이다. 1940년대 이후 '해충'이라는 현대적인 용어로 설명되는 곤충, 잡초, 설치류, 그 밖의 유기체 들을 없애기 위해 200여 종의 기본적인 화학물질이 제조되었고 다시 수천 개의 제품으로 만들어져 팔리고 있다.

스프레이, 분말, 에어로졸 형태의 이런 화학제품들은 농장·정원·숲·가정에서 광범위하게 사용되는데, '해충'은 물론 '익충'까지 모든 곤충을 무차별적으로 죽였고 노래하는 새와 시냇물에서 펄떡거리며 뛰놀던 물고기까지 침묵시켰다. 나뭇잎을 치명적인 유독물질로 도포했고 토양에까지 침투해 들어갔다. 그것들의 원래 목적은 잡초와 해충 몇 종류만 없애는 것이었는데 말이다. 모든 생물을 위험으로 몰고 가지 않는 적절한 양의 화학물질만이 살포된다고 믿는 사람이 있을까. 이런 화학물질은 '살충제'가 아닌 '살생제'라고 해야 할 것이다.

살충제 살포 과정은 끝없는 나선형처럼 이어지게 마련이다. DDT의 보편적인 사용이 허용된 이래 독성이 더욱 심한 화학물질을 만들어내려는 노력이 계속되었다. 그런데 다윈이 제창한 적자생존론을 증명하듯, 곤충은 살충제에 내성을 지닌 놀라운 종으로 진화해갔다. 그러다 보니 이런 곤충에 사용하기 위한 더욱 강력한 살충제가 나오고 그 다음엔 이보다 독성이 더 강한 살충제가 등장하는 악순환이 계속되었다. 나중에 다시 설명하겠지만, 해충은 살충제 살포 후 생존 능력이 더욱 강해져서 오히려 이전보다 그 수가 많아진다. 따라서 인간은 이 화학전에서 결코 승리를 거두지 못하며, 그저 격렬한 포화 속에 계속 휩싸일 뿐이다.

핵전쟁으로 말미암은 인류의 절멸 가능성과 더불어, 우리 시대의 중요한 문제로 등장한 것이 바로 심각한 해악을 불러일으키는 물질들로 인한 환경오염이다. 이 물질들은 식물과 동물의 세포조직에 축적되는데, 심할 경우 세포를 뚫고 침입해 유전물질을 변형시키기도 한다.

미래 세계의 건설자를 자처하는 사람들은 언젠가 인위적으로 인간 형질도 바꿀 수 있다고 생각한다. 그러나 우리의 부주의로 방사능을 비롯한 여러 가지 화학물질이 유전자 돌연변이 등의 위험을 초래할 수도 있다. 살충제 선택처럼 사소해 보이는 일이 인간의 미래를 결정하게 되다니 정말 믿기 어려운 일이 아닐 수 없다. ..

문제를 해결하기 위해 시도했다가 결국 재앙만 불러들인 이런 해결책은 우리의 생활방식 변화와 더불어 등장한 것이다. 다양한 종류를 자랑하며 환경적응력이 탁월한 곤충들은 인간이 등장하기 훨씬 전부터 지구상에 살고 있었다. 인간의 출현 이후 식량을 놓고 경쟁을 벌이거나 질병을 옮기는 등 인간의 행복에 갈등을 불러 온 것은 50만 종의 곤충 중 아주 작은 비율에 지나지 않는다.

인구가 늘어나면서 병균을 옮기는 곤충이 골칫거리로 등장했는데, 위생상태가 좋지 않거나 자연재해나 전쟁, 극심한 가난과 기근이 닥칠 때에는 문제가 더욱 심각해졌다. 그러다 보니 해충을 제어할 필요가 생겼다. 그러나 화학물질 대량 살포는 별다른 성과를 거두지 못할뿐더러 문제를 더욱 악화시킨다는 사실이 오늘날 더욱 명백해졌다.

원시 농업 시대에 곤충은 농부들에게 별로 고민거리가 아니었다. 곤충으로 인한 문제가 심각해진 것은 농업이 본격화하고 대규모 농지에 단일 작물 재배를 선호하게 되면서부터다. 이런 방식으로 농사를 짓게 되면 특정 곤충의 개체수가 폭발적으로 증가할 수 있는 환경이 조성된다. 단일 작물 경작은 자연의 기본 원칙이라기보다 기술자들이 선호하는 방식이다. 자연은 자연계에 다양성을 선사했는데 인간은 이를 단순화하는 데 열을 올리고 있다. 특정 영역 내의 생물에 대해 자연이 행사하는 내재적 견제와 균형 체계를 흐트러뜨리려 애쓰는 것이다. 자연의 견제로 각각의 생물들은 저마다 적합한 넓이의 주거지를 확보할 수 있었다. 하지만 단일 작물을 재배할 경우에는 다른 작물 때문에 널리 퍼져나갈 수 없던 해충이 급증하게 마련이다. ……

많은 전문가와 방역기관은 화학적 처리를 통해 벌레 없는 세상을 이룩하려는 성스러운 전투에 열광적으로 집착했다. 살충제를 뿌리는 사람들이 무소불위의 권력을 휘두르는 증거가 곳곳에서 발견된다. 코네티컷의 곤충학자 닐리터너는 "해충박멸을 주장하는 곤충학자들은······검사, 판사, 배심원에 세금 사정인과 징세관, 그리고 보안관 역할까지 모두 도맡아하며 자신의 명령을 따르라고 강요한다"고 말했다. 아무런 견제도 받지 않은 채 주 정부와 연방 정부 차원에서 가장 극악한 권력 남용이 이루어지고 있는 것이다.

물론 화학 살충제의 전면적인 금지를 주장하려는 것은 아니다. 내가 지적하려는 것은 독성이 있고 생물학적 문제를 일으킬 잠재성을 가진 살충제를 그 위험을 제대로 알지 못하는 사람의 손에 쥐어주고 있다는 사실이다. 우리는 수많은 사람에게 이 독성물질을 다루도록 허락했다. 그들에게 어떤 동의를 구하거나, 안전한 사용을 위해 필요한 지식을 알려주지도 않은 채 말이다. 물론 개인이나 공공 기관이 뿌리는 치명적 독성물질로부터 시민의 안전이 보장되어야 한다는 내용은 권리장전에 포함되어 있지 않다. 놀라운 지혜와 예지력을 갖추었음에도 우리 선조는 이런 문제가 일어나리라고는 전혀 생각지 못했을 것이다.

토양, 물, 야생동물과 인간에게 이런 화학물질이 어떤 영향을 미치는지 관련 조사가 이루어지지 않았다는 점도 문제다. 우리 후손들은 생명체를 지지하고 있는 자연계의 존엄성에 관한 우리의 관심 부족을 용서하지 않을 것이다.

자연에 닥친 위험을 인식하는 사람은 극소수이다. 전문가의 시대라고 하지만 각자 자신의 분야에서만 위험을 인식할 뿐, 그 문제들이 모두 적용되는 훨씬 더 광범위한 상황은 인식하지 못하거나 무시한다. 공업화 시대라서 그런지 어떤 대가를 치르든 이윤을 올리기만 하면 별다른 제재가 가해지지 않는다. 살충제 남용이 빚어낸 문제의 확실한 증거를 목격한 일반 시민들이 항의하면, 책임자들은 절반의 진실만이 담긴 보잘 것 없는 진정제를 처방하곤 한다. 우리는 이런 잘못된 위안을, 그대로 받아들일 수 없는 사실에 입혀진 당의(糖衣)를 한시라도 빨리 제거해야 한다. 해충박멸업자들이 야기한 위험을 책임져야 하는 사람은 바로 일반 시민들이다. 지금과 같은 방제법을 계속 고집할지 결정을 내리려면 현재 벌어지는 상황과 진실을 제대로 알아야 한다. 장 로스탕은 이렇게 말했다. "참아야 하는 것이 우리의 의무라면, 알아야 하는 것은 우리의 권리다."

레이첼 카슨, 김은령역, 『침묵의 봄』, 에코리브로, 2011, 19-24쪽.

● 이 글을 읽고 아래 물음에 답해보자.

① 〈침묵의 봄〉에서 제기하는 현상을 정리하였다. 이에 알맞은 문제점을 정리해보자.

현상	해충	신물질의 범람	곤충의 변종	권력남용
문제점				

② 〈침묵의 봄〉은 DDT라는 신물질이 인간의 삶에 미치는 다양한 피해를 서술하고 있다. 아래 글을 참고하여 〈침묵의 봄〉에서 논의하는 다양한 비판 지점을 생각해보자.

'침묵의 봄'에 대한 오해와 진실

DDT의 발명자 파울 뮐러는 1948년에 그 공로로 노벨상을 받았고, 당시 DDT는 마법 같은 과학의 성과로 간주되고 있었다. 카슨이 DDT를 비판하자 이를 만들던 화학회사들은 출판사를 고소하겠다며 엄포를 놓았고, 과학자들 중에서도 카슨이 화학이나 농학을 공부하지 않은 비전문가라고 비판하는 사람들이 등장했다. 그렇지만 DDT의 위험을 평가하는 역할을 맡은 미국 대통령 과학자문위원회는 여러 정보를 수합하고 평가한 뒤에 살충제 사용을 제한하는 행동에 즉각 돌입해야 한다고 결론을 내렸다. 이후 많은 논의 끝에 미 연방정부는 1972년에 DDT를 금지했다.

그런데 이런 긍정적인 평가와는 너무나도 다른, 극단적으로 부정적인 평가도 존재한다. 카슨의 '침묵의 봄'이 DDT를 금지시킴으로써 아프리카와 같은 저개발국에서 말라리아가 창궐했고, 결과적으로 수백만 명의 사람을 죽게 만들었다는 것이다. 그녀의 책은 환경을 구했을지는 모르지만, 과학을 무시한 대가로 사람을 희생시켰다는 것이다. 이들은 지금 우리에게 필요한 것은 DDT를 부활시키는 것이라고 외친다. 심지어 카슨이 히틀러나 스탈린보다도 더 많은 사람을 죽였다는 선정적인 얘기도 심심치 않게 들린다.

사실 조금만 생각해 봐도 이런 평가에는 문제가 있음을 알 수 있다. DDT를 금지한 것은 미국이었지, 열대 지역의 저개발 국가가 아니었다. 열대 지역의 많은 저개발 국가에서 DDT는 계속 합법적으로 사용되었고, 지금도 사용되고 있다. DDT의 사용이 전 세계적으로 줄어든 것은 그것을 금지해서가 아니라 그 효용이 떨어졌기 때문인데, 그 가장 중요한 이유는 말라리아를 유발하는 모기에게 DDT 내성이 생겼기 때문이다. DDT를 넓은 지역

에 살포해서 모기를 죽이면, 내성을 가진 소수의 모기가 그 다음 해에 번식하고 이때는 DDT를 더 강하게 살포해야 한다. 이렇게 몇 년만 지나면 아무리 강한 살충제를 써도 잘 죽지 않는 모기가 창궐한다. 스리랑카가 말라리아 박멸에 실패한 것은 DDT를 금지해서가 아니라 모기가 내성을 발전시켰기 때문이다.

'카슨 죽이기'의 근원지는 미국이다. 1990년대에 미국의 '건전과학진흥연맹'의 스티븐 밀로이는 DDT 금지가 수백만 명을 죽였다는 얘기를 퍼뜨리기 시작했다. 밀로이와 '건전과학진흥연맹'은 담배회사에서 지원을 받아 담배가 폐암을 유발하지 않는다는 주장을 폈던 것으로 유명하다. 그는 지구 온난화를 '사기극'이라고 부정하며, 산성비와 오존홀에 대한 과학적 합의를 '쓰레기 과학(정크 사이언스)'이라고 비난한다.

카슨을 공격한 과학자 딕시 레이는 오존홀을 부정한 것으로 잘 알려져 있다. 미국의 우파단체인 경쟁기업연구소는 카슨이 틀렸다고 주장한 사람을 노벨 평화상 후보로 밀었고, 미국기업연구소는 카슨을 비난한 마이클 크라이턴의 작품을 선전했다. 카슨을 공격하는 또 다른 연구소인 하트랜드연구소는 지구 온난화를 집요하게 공격한다. 이들은 과학기술이 문제를 낳을 수 있다는 것을 인정하지 않고, 시장의 실패를 인정하지 않으며, 환경이나 건강을 고려한 정부의 규제는 무조건 나쁜 결과를 낳는다고 믿는 사람들이다.

'침묵의 봄'은 생태계를 무시하고 과학기술을 오용했을 때 생길 수 있는 부작용이 얼마나 위험할 수 있는가를 일깨워 줌으로써, 사람들이 세상을 새롭게 볼 수 있게 만든 '혁명적인' 책이었다. 그녀는 살충제가 인간의 건강에 미치는 영향에 대해서는 아주 제한된 얘기만을 했지만, 2005년 의학저널 '랜싯'에 나온 한 논문은 DDT가 조산, 저체중아 출산, 유아 사망 등과 밀접한 상관관계가 있음을 주장하고 있으며, 2007년에 출판된 다른 논문은 1940, 50년대에 DDT에 노출되었을 여성들의 유방암 발병률이 다른 여성들에 비해 5배 높다는 점을 보이고 있다. 이런 연구들은 환경에 미친 피해가 인간에게까지 이를 수 있다는 카슨의 주장이 과학적으로도 틀리지 않았음을 보여준다.

홍성욱, <동아일보>, 2012.11.8.

③ 인류 문명 혹은 산업 개발에 따른 과학기술의 발전은 인간의 삶에 많은 영향을 미쳤다. 〈침묵의 봄〉에 서술된 과학 기술과 인간의 삶의 연관성에 대해 생각하고, 이와 유사한 사례를 찾아 논의해보자.

2) 과학자의 역할

과학은 인간의 삶에 지대한 영향을 미치기도 하며, 사회 변화에 가장 중요한 조건이기도 하다. 따라서 과학자의 연구는 윤리적이어야 하며, 공공성에 대한 책임을 의식해야 한다. 과학이 가치중립적이지 않다는 명제 아래 공공선을 와해시키는 대상을 경계해야 한다. 일상의 변환은 늘 과학과 함께 했고, 이에 따른 과학자의 역할도 변모해왔다. 과거와 현재 그리고 미래 과학자의 역할과 도덕적 의무는 무엇인지, 그것이 우리 삶에 어떤 영향을 미칠지에 대해 생각해보자.

21세기 과학자의 새로운 모습을 전망하고 싶다

전통적인 과학자상 : 지식인과 덕(virtue)

그렇다면 현재 과학의 모습은 어떠한가? 우선 전통적인 과학의 상과 과학자의 모습에 대해 살펴보자. 이에 따르면 과학자는 실험을 통해, 그리고 수학적이고 연역적인 추론을 통해 차갑고 객관적인 시선으로 자연에 있는 지식을 발견하는 사람이다.

근대과학의 주창자들은 과학자는 자신의 이익만을 위해 비밀스럽게 이 발견을 감추고 독점적으로 사용해서는 안 된다고 주장했다. 과학자는 자신의 발견을 공동체에 공개하고 이의 공유를 통해 공동체의 물질적 향상을 가져다주어야 한다는 것이다. 나아가 과학자는 실험실에서 공평한 과학을 실천하고 공동체의 비판에 열린 자세를 체화한 지식인으로서 정치적, 종교적 이해관계에 휘둘리는 다른 사람들과는 다른 지식의 진보와 덕(virtue)을 체화한 근대적 인간의 표상이라 주장하는 이들도 등장했다. 이에 의하면 이상적인 과학자의 모습은 객관적이고 선하고 덕성 있는 지식인으로 훈련시키고 이를 통해 사회를 공평하고 풍요롭게 만들어주는 사람이었다.

과학이, 그리고 이를 수행하는 과학자가 우리 사회를 공평하고 정의롭고 풍요롭게 만들어주고 있는가? 과학과 도덕, 그리고 과학자의 정체성에 대해 깊게 고민했던 막스 베버는 20세기 초 그의 에세이 『직업으로서의 학문·과학』에서 이에 대한 해답을 제시하려고 했다. 그에 따르면 이미 서구 사회에서 과학자의 모습은 자본주의의 등장과 직업 전문화로 인해 놀랄 만큼 변했다. 그는 이미 과학과 의학은 하나의 비즈니스가 되었으며, 학문의 교육과 연구를 수행하는 과학자 역시 소비자인 국가와 기업, 학생에게 전문지식을 판매하는 사람으로 취급되고 있다고 한탄했다.

베버는 톨스토이의 말을 인용하며 "과학은 의미가 없다. 왜냐하면 그것은 우리에게 가장 중요한 질문, 즉 우리가 무엇을 해야 하고, 우리가 어떻게 살아야 할 것인가라는 질문에 아무런 대답을 해주지 못하고 있기 때문이라"고 지적했다. 톨스토이에 의하면 과학은 합리적으로 자연에 대한 사실을 발견하는 것이었으며 과학이 가치와 윤리 문제에 해답을 줄 수 없는 것이었다. 그렇지만 베버는 여전히 과학의 추구가 세계관을 새롭게 만들어주는 의미있는 작업이며 그런 의미에서 학문을 추구하는 과학자의 모습이 도덕적 의무와 가치를 지니는 작업이라는 믿음을 버리지 않았다.

20세기 과학에 대한 비판 : 정의롭고 공정한 과학에 대한 열망

과학이 인간을 덕스럽게 만들 수 있는 활동이자 과학자를 도덕적 고양으로 이끌 수 있는 에토스(ethos)를 지닌 활동이라고 본 베버에게 20세기 중·후반의 과학자들은 어떤 모습으로 비추어졌을까? 2차 대전 이후 거대과학의 출현과 1970년대 이후 과학의 상업화로 과학 활동은 이제 무엇보다 과학이 권력과 이윤 추구의 중요한 한 축으로 보였을 것이다. 1960년대 사회 비판가들은 과학이 군산학 복합체에 봉사하고 있다고 비판하며 새로운 대안적 과학이 필요하다고 역설했다. 국가와 기업에 묶여버린 듯한, 시스템의 한 기계처럼 수동적으로 살아가는 과학자가 아니라 사회적으로 정의롭고 공정한 과학을 추구하는 과학자의 모습을 전망할 수 있을까?

1970년대 이후 과학사는 이러한 맥락에서 과학자의 정체성에 대해 고민하고, 과학 활동에서 배제되거나 주변부화된 과학자들의 역할에 대해 다시 살펴보기 시작했다. 이에 여성 과학자의 위치와 공헌을 찾는 작업들이 나타났고, 여성이나 흑인 과학자들이 지닌 주변부적 시각을 통해 지배적 과학계가 보지 못한 자연의 새로운 모습들을 발견한 사례들이 학자들의 큰 관심을 끌었다. 과학적 지식의 발견만큼이나 과학의 폐해에 대한 관심이 높아졌고, 환경오염이나 인종차별, 빈부의 격차와 같은 문제의 근저에 과학의 역할에 대해 질문하는 이들 또한 나타났다. 이와 더불어 과학의 중립성을 들며 과학자들의 사회적 책임에 대해 회피하는 이들에 대한 비판 또한 강하게 제기되었다.

1980년대가 지나며 우리는 또 다른 과학자의 모습, 즉 기업가형-과학자의 등장을 목도하게 되었다. 1970년대 긴 불황기 과학자는 생산성 저하라는 위기에 빠진 자본주의를 구출할 창의적 혁신가의 모습으로, 기업가 정신을 지닌 구세주로서 나타났던 것이다. 대학 실험실에서 유전자를 조작하면서 생명공학 회사를 창업한 이들, 컴퓨터 알고리즘을 기반으로 정보통신 기업을 창업한 이들이 바로 새로운 기업가형-과학자였다. 이들은 단지 혁신과 경제적 성장만을 추구하는 것은 아니었다. 실리콘 밸리로 대표되는 혁신 창업자들은 중앙집중화된 군산학 복합체를 해체하고 새로운 통신과 생명과학 혁신을 통해

보다 민주적이고 분산화되고 효율적인 사회를 건설할 수 있다고 주장했던 사회적 혁신가이기도 했다.

과학의 역할은? 그리고 과학자들의 정체성은?

21세기 신자유주의가 과학을 포함한 사회 전반을 지배하는 듯한 시기, 과학의 역할은 무엇이고 과학자들은 어떻게 자신들의 정체성을 만들어나가고 있는가? 세계화된 혁신 체제에 따라 나타난 국가 간 위계와 부의 격차가 극심해진 사회를 형성하는데 과학은 어떠한 역할을 수행하는가? 일부 비판자들은 21세기 다국적 제약산업이 생명에 대한 제어와 소유를 기반으로 생명자본주의를 추구하고 있으며, 담배와 화학 산업은 위험과 규제에 대한 무지를 사회적으로 생산하고 있다고 보고 있다. 또한 거대 정보통신 산업과 인공지능의 추종자들이 이윤 추구를 위해 프라이버시를 오용하고 있다며 자본주의 시대 과학과 과학자의 역할을 재정립해야 한다고 촉구한다. 이미 일군의 과학자들은 이러한 지식의 사유화 경향과 기업가적 과학자들을 비판하며, 유전자 데이터베이스의 공유와 관련 정보들, 과학지식의 오픈 엑세스라는 대안적 과학 체계를 만들었다. 이를 통해 공공의 이익에 더 부합하는 과학과 과학자의 상을 만들어가고 있다.

이두갑, <EPI> 겨울호, 2020, 180-185쪽.

● **이 글을 읽고 아래 물음에 답해보자.**

① 위의 글을 빈칸에 알맞게 한 두 문장으로 요약하시오.

전통적인 과학자상	20세기 과학에 대한 비판	21세기 과학과 과학자의 역할

② 과학자는 연구자로서 생명에 대한 윤리관, 환경·생태적 의식이 중요하다. 과학 기술은 인간의 삶에 큰 영향을 미친다는 점에서 과학자는 자율적 책임감과 사회적 의무감이 필요하다. 위 예문을 참고하여 현재 과학자의 다양한 역할에 대해 서술해보자.

③ 다음 아래 글을 참고하여, 포스트 노멀(post-normal) 시대에 내가 생각하는 과학자의 윤리와 역할은 무엇이 되어야 하는지 서술해보자.

'포스트 노멀' 시대 과학자의 역할

9일(수) 오전 서울 리츠칼튼호텔 그랜드볼룸에서 '2016 과학창의 연례컨퍼런스'의 메인세션이 진행되었다. 곽재원 경기과학기술진흥원장을 좌장으로 국내·외 5명의 석학들이 현대사회를 진단하고 해결책을 제시했다.···

디지털 기술은 인공지능(A.I.)의 등장으로 급격한 도약을 이루었지만 편리함을 주던 사물인터넷(IoT)이 오히려 해킹의 창구가 되기도 한다. 크리스퍼(CRISPR) 같은 유전자 기술의 발달로 질병 치료의 문이 열렸지만 한 번 바뀐 유전자가 세대를 거치면서 어떻게 변할지는 아직 예측 불가능이다.

발달된 도시계획 덕분에 메트로폴리탄(metropolitan)이라 부르는 대도시들이 생겨났지만 통치력은 오히려 약해졌다. 기후변화로 인해 해수면 상승과 자연재해가 발생하고 있는데 마땅한 기술적 해결책은 찾지 못하는 상황이다.

현재의 상황에 대한 틴데만스 부회장의 진단은 분명했다. 정상적인 시대는 끝났다. 과거에는 가설을 세우고 면밀히 검증해서 팩트를 찾아내고 올바른 결정을 내리는 '정상적인 시대'를 지나왔다. 그러나 이제는 많은 것이 달라졌다.

SNS를 통해 빠르게 퍼지는 수많은 팩트는 오히려 불확실성을 양산하고, 사람들마다 추구하는 가치가 달라 논쟁이 격화되고 있다. 새로운 도전은 높은 위험성 때문에 취소되기 일쑤이며, 정치인과 기업가들은 신속한 결정을 재촉받고 있다. 포스트 노멀(post-normal) 즉 '정상이 끝난 시대'가 도래한 것이다.

비정상적인 상황에서 사회를 유지하려면 각 주체들이 긴밀하게 소통해야 한다. 시민들과 정책입안자를 연결하는 '중재자'로서 과학자가 필요하다. 증거에 기반해 해결책을 찾아내고 이를 적극적으로 알리는 것이 과학자의 역할이다. 대표적인 사례가 빅데이터와 오픈사이언스(Open Science)의 결합이다. 사회 전반에서 힌트를 수집해 해결책을 찾아내고 그 결과를 누구나 확인할 수 있도록 무료로 공개하는 방식이다.

그러나 틴데만스 부회장은 "단기적, 근시안적 시각에 사로잡히지 않도록 조심해야 한다"고 지적했다. 사회문제 해결형 과학기술은 대중들에게 환영받겠지만 섣부른 처방만 내릴 우려가 있다. 근본적인 해답을 얻으려면 과학이 발전해온 역사를 되짚어보고 사고방식의 전환을 모색하는 태도도 요구된다.

임동욱, <사이언스타임즈>, 2016.11.10.

1) 예술의 정의

이 글은 쉽게 정의하기 어려운 예술의 정의에 대해 비교적 이해하기 쉽게 기술하고 있는 글이다. 예술의 범위는 넓고 어느 것을 예술로 보아야 할 것인가 그렇지 않은 것인가를 정확하게 이야기하기 힘든 측면이 있다. 국문학자인 저자는 '불꽃'이라는 비유를 통해 예술의 성질과 작용을 생각해보고자 하였다. 촛불, 모닥불과 횃불, 폭죽의 불꽃이 제각기 다른 느낌을 주는 것처럼 예술도 분야와 종류 및 경향에 따라 저마다의 특징이 다르지만 그 여러 가지 예술이 공통적으로 지닌 속성이 있다고 보고, 그러한 예술의 특성을 세 가지로 설명하고 있다. 예술이라고 하는 추상적인 대상을 불꽃에 빗대어 설명하여 대상에 대한 이해를 좀 더 구체적으로 돕고 있는 글이다.

불꽃과 예술에 관한 명상

김흥규

예술이란 무엇인가

우리의 생활 주변에는 여러 가지 예술작품들이 있다. 많은 젊은이들이 감명 깊게 읽는, 윤동주의 <별 헤는 밤>은 문학이면서 예술이다. 미술관에 전시된 그림, 조각품, 도자기도, 연극, 영화, 무용도, 라디오에서 흘러 나오는 장엄한 교향악, 구성진 민요, 그리고 변진섭, 양수경의 노래도 모두 예술이다. 소수의 사람들만이 즐기는 예술이 있는 한편, 많은 사람들을 열광하게 하는 예술이 있다. 수천 년 전부터 전해오는 예술이 있는가 하면 기발한 착상을 발휘하여 길거리에서 즉흥적으로 벌이는 실험적 전위 예술도 있다.

그러면 이 여러 가지를 모두 아우르는 '예술'이란 대체 무엇인가? 어디서부터 어디까지가 예술이고, 그것은 또 어떤 성질과 의미를 지니는 것일까? 왜 사람들은 먼 옛날부터 지금까지 갖가지 예술 작품을 만들어 왔으며, 예술을 통해 무엇을 느끼고 얻는 것일까?

이 질문들은 모두 만만치 않은 것이어서 자칫하면 우리를 난해한 개념들의 수렁으로 몰아넣게 된다. 그런 위험을 피하기 위해 우리는 '불꽃'이라는 비유를 통해 예술의 성질과 작용을 생각해 보고자 한다. 그런 뜻에서 우선 이렇게 말해 본다.

'예술은 불꽃이다. 그것은 여러 모로 불꽃과 닮았다.' 밝은 전등이 있는데도 우리는 가끔 촛불이 켜고 싶어진다. 방과 마루의 전등을 모두 끄고 식탁 위에, 혹은 책상머리에 촛불 한 자루를 켜 놓고 가족, 친구들과 마주 앉으면 무엇인가 예사롭지 않은 분위기가 이루어진다. 함께 앉은 사람들의 얼굴은 어둠을 배경으로 떠올라서 좀 더 다정하다. 촛불로부터 멀리 떨어진 사물들은 모두 어둠에 묻히고, 함께 있는 사람들의 시선은 촛불의 불꽃이 만들어 주는 동그란 빛의 공간으로 모여든다. 그 동그란 공간이 세계의 중심이고, 함께 앉은 사람들이 서로를 더 정답게 느끼도록 하는 만남의 자리가 된다. 그래서 뜻밖의 정전이 있는 날이면 가족이나 친구가 더 가까워진다.

모닥불과 횃불은 더 큰 불꽃이다. 그런 만큼 그것들은 촛불과는 또 다른 분위기와 감정을 불러일으킨다. 어두운 마당이나 바닷가에서 모닥불을 둘러싸고 앉은 사람들은 밝은 조명 아래서보다 깊은 공동체적 연대 의식을 느낀다. 촛불이 우리의 마음을 고요하게 가라앉혀 주는 데 비해 횃불은 마음을 뒤흔들어서 정서적으로 들뜨게 만든다. 장작 더미 위에서 일렁거리는 불꽃은 그 어떤 화려한 춤보다 아름답게 여겨지기도 한다.

그리고 또 하나, 밤 하늘에 화려하게 터지는 폭죽의 불꽃이 있다. 섬광의 꼬리를 끌며 솟구쳐 올라 갖가지 빛깔과 크기로 터지는 불꽃을 보며 사람들은 탄성을 지른다. 어떤 폭죽은 한 번 터져 나간 알맹이들이 다시 터져서 찬란한 불꽃의 동심원들을 허공에 겹쳐 놓는다. 그 휘황한 빛들이 주는 실용적 소득은 없다. 그렇지만 사람들은 불꽃놀이 보기를 좋아한다. 아름답게 타오르고 터지는 불꽃들을 보노라면 마음이 후련해지기도 한다.

　이 세 종류의 불꽃들이 제각기 다른 느낌을 주는 것처럼 예술도 분야와 종류 및 경향에 따라 저마다의 특징이 다르다. 하지만 그 여러 가지 예술이 공통적으로 지닌 속성이 있다. 그것을 '실용적 가치를 넘어선 즐거움과 아름다움'이라고 일단 요약할 수 있다. 이 점에서 촛불, 횃불과 폭죽의 불꽃은 예술과 비슷하다. 단지 어둠을 밝히기 위해서라면 촛불과 횃불보다 전등, 플래시 따위가 더 실용적이다. 폭죽은 조명을 위해서는 아무 쓸모가 없다. 그렇지만 우리는 밝은 형광등이 주지 못하는 특별한 느낌, 분위기, 감정, 멋과 아름다움이 이들 불꽃에 있음을 안다.

　실용적 가치를 넘어선 즐거움과 아름다움을 원하는 것은 아마도 사람만이 가진 특징인 듯하다. 생선 구이를 식탁에 내놓더라도 아무 접시에나 되는 대로 올려 놓은 것보다는 알맞은 크기의 깨끗한 접시에 구운 생선을 단정하게 놓고 그 위에 잘 어울리는 빛깔의 양념과 고명을 얹어 놓은 것이 훨씬 보기에 좋고 먹음직스럽다. 솜씨 있는 목수가 만든 장롱은 튼튼할 뿐 아니라 집안의 분위기를 한결 아늑하게 한다. 이런 현상들 속에 사람의 예술적 욕구가 이미 깃들어 있다.

　예술이라는 말의 어원을 살펴보면, 동양에서든 서양에서든 모두 '솜씨, 기술'이라는 뜻이 들어 있다. 한자어 '예술'의 '예'와 '술'은 모두 솜씨, 재주, 숙련된 방법 등을 뜻한다. 그리스 말의 '테크네', 라틴어의 '아르스(ars)', 영어의 '아트(art)', 독일어의 '쿤스트(kunst)'도 좋은 솜씨와 기술을 뜻하는 말이었고, 아직 그런 의미를 간직하고 있다.

　여기서 우리는 예술의 또 한 가지 공통적인 요소로서, '사람의 솜씨에 의해 훌륭하고 아름답게 만들어진 것'이라는 특질을 발견하게 된다. 좋은 경치를 가리켜 '신의 예술'이라고 말하는 수가 있기는 하지만 그것은 어디까지나 비유적 표현이다. 예술이란 사람의 창조력에 의해 잘 만들어진 물건이나 행위를 가리키며, 그런 뜻에서 자연과 구별된다.

　예술은 또한 학문적 지식이나 이론과도 구별되는 속성을 지닌다. 지식, 이론은 세상의 여러 현상들을 개념과 논리의 체계로써 설명하고자 한다. 학자들은 하나하나의 사물 자체보다는 그것들을 규정하는 원리라든가 법칙을 발견하는 데 관심을 둔다. 다시 말해서, 지식, 이론은 사물과 경험을 추상화하는 경향이 많다. 반면에 예술은 구체적으로 보고, 듣고, 느끼는 것을 만들거나 전달하는 활동이다. 예술은 이런저런 원리의 체계를 세우기보다 생생한 경험을 제시하고 사람들이 그것을 함께 느끼고 상상하며 생각하도록 하는 데 관심을 둔다.

　위의 설명을 간추리면 예술의 기본적 특질이 드러난다. 예술이란 (1)실용적 가치를 넘어선 즐거움과 미적 효과를 주요 목표로 삼아, (2)사람의 상상력과 솜씨에 의해 훌륭하게 만들어진 것으로서, (3)구체적인 경험, 느낌, 상상, 감정에 주로 호소하는 창조물 및 창조 행위라 할 수 있다.

김흥규 외, 『아름다운 세상 아름다운 사람』, 한샘, 1993, 11-15쪽.

● 이 글을 읽고 아래 물음에 답해보자.

① 위 글에서 문단을 나누고 각 문단의 중심내용을 파악해보자.

② 예술의 특징으로 이 글에서 언급하고 있는 세 가지를 아래에 정리해보자.

　－

　－

　－

③ 예술에 관한 정의 중에서 평소 자신이 예술에 대해 갖고 있는 생각과 가장 가까운 것을
　고르고 그 이유를 설명해보자.

④ 자신이 생각하는 예술의 정의에 가장 잘 부합하는 예술작품을 찾아 그에 대해 조사한 내
　용을 친구들에게 소개해보자.

2) 인간을 감동시키는 예술

"선학동 나그네"는 소설가 이청준이 1979년 계간지《문학과 지성》여름호에 발표한 단편소설이다. 전라남도 장흥 근처의 어느 해안가 마을(선학동)을 배경으로 소리꾼 아버지와 눈먼 딸, 그리고 이복 남매인 오라비의 기구한 운명을 그리고 있다. 《서편제》《소리의 빛》에 이어 발표된 '남도 사람' 연작 중 한 편으로 현실에서 소외된 사람들의 한 어린 삶의 모습과 그 한을 풀어가는 모습을 형상화함으로써 전통적 삶과 정서의 세계를 잘 표현한 수작이다. 이청준의 소설 연작 중에서도 세 번째에 해당하는 작품이며 아름다운 선학동 마을과 비상학의 묘사를 통해 문학적 언어가 줄 수 있는 아름다움을 잘 드러내고 있는 작품이라 할 수 있다. 제시된 부분은 작품의 서두에 해당하는 부분이다.

선학동 나그네

이청준

남도 땅 장흥(長興)에서도 버스는 다시 비좁은 해안 도로를 한 시간 남짓 달린 끝에, 늦가을 해가 설핏해진 저녁 무렵이 다 되어서야 종점지인 회진(會鎭)으로 들어섰다.

차가 정류소에 멎어 서자, 막판까지 넓은 차칸을 지키고 있던 칠팔 명 손님이 서둘러 자리를 일어섰다. 젊은 운전기사 녀석은 그새 운전석 옆 비상구로 차를 빠져 나가 머리와 옷자락에 뒤집어쓴 흙먼지를 길가에서 훌훌 털어 내고 있었다.

사내는 맨 마지막으로 차를 내려섰다. 차를 내린 다른 손님들은 방금 완도 연락을 대기하고 있는 여객선의 뱃고동 소리에 발걸음들이 갑자기 바빠지고 있었다.

사내는 발길을 서두르지 않았다.

그는 배를 탈 일이 없었다. 발길을 서두르는 대신 그는 이제 전혀 할 일이 없는 사람처럼 한동안, 밀물이 차 오르는 선창 쪽 바다만 바라보고 있었다. 하다가 뒤늦게 무슨 할 일이 떠오른 듯 눈에 들어오는 근처 약방으로 발길을 황급히 재촉해 들어갔다.

약방에서 사내는 이마에 저녁 볕 조각을 받고 앉아 있는 젊은 아낙네에게 바카스 한 병을 샀다. 거스름돈을 내주는 여자에게 그가 물었다.

"아주머니, 요즘 물때가 저녁 만조(滿潮)겠지요?"

"그러겠지라우, 보름을 지낸 지가 엊그제니께요. 지금도 하마 물이 거의 차 올랐을 텐디요?"

거스름을 내주며 묘하게 게으르고 건성스러워 들리는 사투리의 여자에게 사내가 다시 재우쳐 물었다.

"선학동 쪽에 하룻밤 묵어 갈 만한 곳이 있을까요? 옛날엔 그 쪽 길목에 술도 팔고 밥도 먹여 주는 조그만 주막이 하나 있었던 걸로 알고 있습니다만……."

여자는 그제서야 쉰 길을 거의 다 들어서고 있는 듯한 사내의 행적을 새삼 눈여겨보는 듯했다. 하지만, 그녀는 어딘가 짙은 피곤기 같은 것이 어려 있는 사내의 표정과 허름한 몰골에 금세 흥미가 떨어지는 어조였다.

"손님도 아마 선학동이 첫길은 아니신가 본디, 그야 사람 사는 동네에 하룻밤 길손 묵어 갈 곳이 없을랍디요? 동네로 건너가는 길목엔 아직 주막도 하나 남아 있고요……."

사내는 바카스병을 열어 안엣것을 마시고 나서 곧 약국을 나왔다. 그러고는 이내 선창 거리를 빠져 나가 선학동 쪽으로 늦은 발길을 재촉해 나서기 시작했다.

"서둘러 가면 늦지 않겠군."

사내는 혼자 중얼거리며 걸음걸이에 한층 속도를 주었다.

……이 곳을 지난 것이 30년쯤 저 쪽 일이던가. 그 때 기억에 따르면, 선학동까지는 이 회진포에서도 아직 십릿길은 족히 되고 남은 거리였다. 이 쪽 길목에 아직 주막이 남아 있다면, 그 선학동을 물 건너로 바라볼 수 있는 주막까지만 닿으면 되었다. 하다못해 그 선학동 포구를 내려다볼 수 있는 돌고개 고빗길만 돌아서게 되어도 그만이었다.

하지만, 해 안으로 어쨌거나 선학동을 보아야 했다. 선학동과 선학동을 감싸안고 뻗어 내린 물 건너 산자락을, 그 선학동 산자락을 거울처럼 비춰 올릴 선학동 포구의 만조(滿潮)를 놓치지 말아야 했다.

사내는 발길을 서둘러 댔다.

한동안 물깃을 따라 돌던 해변길이 이윽고 산길로 변하였다. 선학동으로 넘어가는 돌고개 산길이 시작되고 있었다. 왼쪽으로 파란 회진포의 물길을 내려다보며 산길은 소나무 숲 무성한 산굽이를 한참이나 구불구불 돌아가고 있었다.

솨- 솨-

솔바람 소리가 제법 시원스럽게 어우러져 들었으나, 갈 길이 조급한 사내의 이마에선 땀방울이 송글송글 돋아나고 있었다.

붕-

왼쪽 눈 아래로 때마침 포구를 빠져나가는 완도행 여객선의 바쁜 뱃길이 그림처럼 내려다보였는데, 사내는 그 여객선의 긴 뱃고동 소리에조차 공연히 마음이 쫓기는 심사였다. 그는 그 여객선과 시합이라도 벌이듯 허겁지겁 산길을 돌아들고 있었다. 하지만 여객선의 속력과 사내의 걸음걸이는 처음부터 상대가 될 수 없었다. 배는 순식간에 포구를 빠져 나가 넓은 남해 바다를 향해 까맣게 섬기슭을 돌아서고 있었다.

사내도 이젠 거의 마지막 산굽이를 돌아들고 있었다. 선학동 쪽으로 길을 넘어설 돌고 개 모롱이가 눈앞에 있었다.

사내는 새삼 표정이 긴장되기 시작했다. 산길이 제법 높아 그런지 저녁 해는 회진 쪽에 서보다는 아직 한 뼘 길이나 남아 있었다. 이제 마지막 산모롱이를 하나 올라서고 나면, 거기서 다시 오른쪽으로 길게 뻗어 들어간 선학동 포구의 긴 물길이 눈앞으로 시원히 막 아 설 것이었다. 그리고 거기서 그는 보게 될 것이었다. 장삼 자락을 길게 벌려 선학동을 싸 안은 도승 형국의 관음봉(觀音峰)과 만조에 실려 완연히 모습지어 오를 그 신비스런 선학(仙鶴)의 자태를. 그리고 또 재수가 좋으면 그는 어쩌면 듣게 될 것이었다. 그 도승의 품 속 어디선가로부터 둥둥둥둥 포구를 울리면 물을 건너오는 산령(山靈)의 북소리를, 그 리고 그 종적 모를 여인의 한스런 후일담을…….

사내는 억누를 수 없는 기대감 때문에 발걸음마저 차츰 더디어져 가고 있었다.

하지만, 사내에겐 오래 망설여 댈 여유가 없었다. 그는 긴장한 자신을 달래기 위해 심호흡을 한 번 크게 내뱉고 나서는 이내 성큼성큼 마지막 산모롱이를 올라서 버렸다.

순간- 사내의 얼굴 표정이 커다랗게 흔들렸다.

눈앞에 펼쳐진 풍광이 너무도 의외였다.

돌고개 너머론 또 한 줄기 바다가 선학동 앞까지 길게 뻗어 들어가 있어야 하였다.

물이 있어야 할 곳에 물이 없었다. 바닷물은 언제부턴가 돌고개 기슭에서부터 출입 이 끊겨 있었다. 돌고개 기슭과 관음봉의 오른쪽 산자락 끝을 건너 이은 제방이 포구의 물길을 끊어 버리고 있었다. 포구는 바닷물 대신 추수가 끝난 빈 들판으로 변해 있었다.

들판 건너편으로 옹기종기 집들이 모여 앉은 선학동의 모습이 아득히 떠올랐다. 비상 학(飛翔鶴)의 모습은 자취를 찾을 수가 없었다. 포구에 물이 없으니 선학(仙鶴)은 처음부 터 날아 오를 수가 없었다. 둥둥……. 관음봉 지심(地心)에서부터 물을 건너 들려 온다던 그 산령의 북 소리도 들려 올 리 없었다. 변하지 않은 것은 다만 장삼 자락을 좌우로 길게 펼쳐 앉은 법승(法僧) 형국의 관음봉뿐이었다. 그 기이한 관음봉의 자태도 포구에 물이 차 올라 있을 때의 얘기였다. 마른 들판을 싸 안은 관음봉은 전날과 같이 아늑하고 인자 스런 지덕(地德)과 풍광을 깡그리 잃어버리고 있었다. 그것은 다만 들판을 둘러싸고 내려 앉은 평범한 산줄기에 불과할 뿐이었다.

사내는 모든 기대가 한꺼번에 무너져 내린 듯 그 자리에 털썩 몸을 주저앉히고 말았 다. 그러고는 이제 잃어버린 선학동의 옛 풍정(風情)을 되새기듯 아쉬운 상념 속을 헤매 들기 시작했다.

선학동(仙鶴洞)- 그 곳엔 예부터 기이한 이야기 한 가지가 전해 오고 있었다. 이야기는 포구 안쪽에 자리잡은 선학동의 뒷산 모습으로부터 연유된 것이다. 그 산세가 영락없는 법승의 자태를 닮고 있었기 때문이었다. 마을 뒤쪽으로 주봉을 이루고 있는 관음봉은 고

깔처럼 뽀죽하게 하늘로 치솟아오른 모습이 영락없는 법승의 머리통을 방불케 하였고, 그 정봉(頂峰)을 한참 내려와 좌우로 길게 펼쳐 내려간 양쪽 산줄기는 앉아 있는 스님의 장삼 자락을 형상짓고 있었다. 선학동 마을은 이를테면 그 법승의 장삼자락에 안겨든 형국이었는데, 게다가 마을 앞 포구에 밀물이 차 오르면 관음봉 쪽 상심의 어디선가로부터 둥둥둥둥 법승이 북을 울려 대는 듯한 신기한 지령음(地靈音)이 물 건너 돌고개 일대까지 온 것은 말할 나위가 없었다.

　그러나 마을 사람들에게 보다 더 관심이 가는 일은 선대들의 묏자리를 위해 관음봉 산자락 가운데서도 진짜 지령음이 솟아오르는 명당(明堂) 줄기를 찾은 일이었다. 마을엔 예부터 그 지령음이 울려나오는 곳에 진짜 명당이 숨어 있다는 말이 전해져 오고 있는 데다 사람들은 그 명당을 찾아 조상의 뼈를 묻음으로써 관음봉의 음덕(陰德)을 대대손손 누리고 싶어들 하였기 때문이다.

뿐더러, 관음봉 산록에 명당이 있다 함은 이 마을을 선학동이라 부르게 된 데에도 또 하나 깊은 내력이 있었다. 산의 이름이 관음봉이라 한다면 마을 이름도 마땅히 관음리 정도가 되는 게 상례였다. 그러나 마을은 예부터 이름이 선학동이라 하였다. 까닭인즉, 마을 앞 포구에 밀물이 차 오르면 관음봉이 문득 한 마리 학으로 그 물 위를 날아오르기 때문이었다. 포구에 물이 들면 관음봉의 그림자가 영락없는 비상학의 형국을 자아냈다. 하늘로 치솟아오른 고깔 모양의 주봉은 힘찬 비상을 시작하고 있는 학의 머리요, 길게 굽이쳐 내린 양쪽 산줄기는 그 날개의 형상이 완연했다.

　포구에 물이 차 오르면 관음봉은 그래 한 마리 학으로 물 위를 떠돌았다. 선학동은 그 날아오르는 학의 품 안에 안겨진 마을인 셈이었다.

　동네 이름이 선학동이라 불리게 된 연유였다. 그리고 그런 연유로 관음봉의 명당은 더욱 굳게 믿어지고 있었다. 명당을 얻기 위해 관음봉 일대에 묻힌 유골은 헤아려 낼 수도 없을 정도였다.

　그러나 이제는 그 포구에 물길이 막혀 버리고 있었다. 관음봉의 그림자가 내려 비칠 곳이 없었다. 포구의 물이 말라 버림으로 하여 이제는 더 이상 그 관음봉이 한 마리 선학으로 물 위를 날아오를 수가 없게 된 것이었다.

　관음봉은 이제 날개가 꺾이고 주저앉은 새였다. 그것은 이제 꿈을 잃은 산이었다.

　사방은 어느새 저녁 어스름이 짙게 젖어들어 오고 있었다. 어스름이 내려깔린 들판 건너로 관음봉의 무심스런 자태가 더욱 더 황량스럽게 멀어져 가고 있었다.

　솨- 솨-

　솔바람 소리가 시시각각으로 짙은 어둠을 몰아 왔다.

　사내는 그제서야 자리를 일어섰다. 그리고 비로소 생각이 난 듯 발 아래로 뻗어 내려간 들판과 어둠 속으로 눈길을 천천히 훑어 내리기 시작했다.

이제 여인의 소식을 만날 희망 따윈 머리에서 깡그리 사라지고 없었다. 고을 모습이 너무도 많이 달라져 있었다. 선학동엔 이제 선학이 날지 않았다. 학이 없는 선학동을 여자가 일부러 지나쳤을 리 없었다.

하지만, 이젠 날이 너무 어두워지고 있었다. 그리고 기왕 날을 잡아서 나서 온 길이었다. 주막에서 하룻밤을 묵어 갈 수밖에 없었다. (후략)

이청준,『천년학』, 열림원, 97-107쪽.

줄거리

허술한 옷차림의 사내가 선학동을 찾아와 주막에서 하룻밤을 묵게 된다. 그는 주막집으로부터 한 여인에 관한 옛 이야기를 듣고 싶어한다. 주막집 주인은 그의 신분을 알면서도 모르는 체하며 그에게 옛 이야기를 들려준다.

30여 년 전 선학동의 주막에 남도 소리꾼 노인이 어린 아들과 눈 먼 소경 딸과 함께 머무르며 소리를 들려준 일이 있었다. 이 소리꾼은 포구에 물이 차오르고 선학동 뒷산 관음봉이 물을 타고 한 마리 비상학으로 모습을 떠올리기 시작할 때면 들어주는 사람이 있거나 없거나 그 비상학을 벗삼아 혼자 소리를 시작하곤 하였다. 그때 노인은 비상학을 상대로 소리만 즐긴 것이 아니다. 주된 목적은 눈이 멀어 앞을 못 보는 어린 딸아이의 소리에 선학이 떠오르는 이 포구의 풍경을 심어주려고 했다고 할 수 있다. 한 서너 달 그렇게 소리를 가르쳐 어린 딸아이의 소리가 처음보다 훨씬 도도하고 장중해졌을 때 노인은 홀연히 주막을 떠났다. 소리꾼 부녀가 선학동을 떠난 지도 오랜 세월이 흘러 선학동 사람들은 이 소리꾼 부녀를 가마득하게 잊고 있었다. 그런 참에 어느 날 주막에 눈 먼 소리꾼 여자가 다시 찾아든 것이다. 그 이유는 비상학을 보고 싶기도 하였고, 또 그녀는 학이 날아가는 형국의 명당 터에 아버지의 유골을 묻어 드림으로써 아버지의 소원을 풀어 드리는 일과 함께 자신이 안고 있는 이 세상의 한을 풀고 싶어서였다.

이야기를 다 들은 사내는 그 여인의 행방에 관심을 쏟고는 주막집 주인의 이야기를 재촉하는 과정에 자신이 바로 그 여인의 의붓 오빠라고 실토를 한다. 이런 고백을 들은 주막집

시대는 그 노력의 부덕함에도 가려지며 아무 아미지에 대해 하는 움마바라며 그 것들에 대한
시대는 앞으로부터 맺어질 수 없는 것이 삶이리말의 모더라 리스어이 것을 바란다.

- **이 글을 읽고 아래 물음에 답해보자.**

① 이 글의 주요 등장인물과 배경, 사건에 대해 이해해보자.

② 이 글에서 "비상학"이 의미하는 바가 무엇인지에 대해 이야기해보자.

③ 언어로 비상학을 묘사하는 부분을 아래에 옮겨 쓰고, 이 부분에 드러나는 언어예술의 아름다움에 대해 친구들과 토의해보자.

④ 이 작품은 서편제라는 영화로 만들어지기도 했다. 영화 서편제를 감상하고 문학작품이 주는 감동과 영화가 주는 감동의 차이점에 대해 토론해보자. 토론 결과를 한 편의 글로 써 보자.

저자 소개

박은진 중부대학교 학생성장교양학부 교수

이미정 중부대학교 학생성장교양학부 교수

저자와의
합의하에
인지첩부
생략

글쓰기와 독서

2022년 2월 25일 초판 1쇄 발행
2024년 3월 25일 초판 3쇄 발행

지은이 박은진·이미정
펴낸이 진욱상
펴낸곳 (주)백산출판사
교   정 성인숙
본문디자인 신화정
표지디자인 오정은

등   록 2017년 5월 29일 제406-2017-000058호
주   소 경기도 파주시 회동길 370(백산빌딩 3층)
전   화 02-914-1621(代)
팩   스 031-955-9911
이메일 edit@ibaeksan.kr
홈페이지 www.ibaeksan.kr

ISBN 979-11-6567-452-6 03800
값 13,000원